엄마 치타 사만다

엄마 치타 사만다

최광식·서재희 글 | 서미경 그림

차례

빅토리아호수

마사이마라

수목 지대

아프리카

여기

암벽 지대

초식 동물의 대이동

마라강

세렝게티

응고롱고로

사만다, 다시 엄마가 되다

    검은 대륙 아프리카, 그 거대한 땅 중간쯤 야생 동물의 천국이라 불리는 초원이 펼쳐져 있다. 세계에서 가장 큰 이 초원에는 누, 가젤, 얼룩말, 코끼리부터 사자, 하이에나, 표범까지 수많은 동물들이 서로 먹고 먹히며 삶을 이어 가고 있다.

    동물들은 비를 쫓아 1년에 한 번, 남쪽 세렝게티에서 북쪽 마사이마라까지 대이동을 한다. 얼룩말, 누 같은 초식 동물은 비에 젖은 풀을 찾아 이동하고, 사자,

하이에나 같은 육식 동물은 그 초식 동물을 따르며 자연스럽게 움직인다.

세렝게티에 비가 그치고, 동물들이 마사이마라로 바쁘게 이동하는 6월의 어느 날이었다. 세렝게티 초원 서쪽 아카시아나무 숲에 치타 한 마리가 엎드려 있었다. 치타는 대이동에 끼지 않고 몸을 숨긴 채 다른 동물들을 지켜만 보고 있었다.

쿵.

쿵쿵쿵.

쿵쿵쿵쿵쿵.

천둥이 땅을 내리치는 듯한 소리가 들렸다. 엎드린 치타의 몸에도 땅의 울림이 고스란히 전해졌다.

"누 떼가 지나가는군. 이제 때가 된 것 같아."

치타는 길고 매끈한 몸을 가진 세상에서 가장 빨리 달리는 동물 중 하나다. 하지만 이 치타는 이상하게 배가 불룩했다. 주변을 돌아보는 눈빛에는 두려움과 초조함이 가득했다. 치타는 곧 얼굴을 고통스럽게 일그러뜨리며 가쁜 숨을 몰아쉬기 시작했다.

"습, 후우!"

눈에 힘을 주며 고개를 흔들었다. 배가 뻣뻣해져서 커다란 바위에 몸을 숨긴 지 벌써 12시간이 지났다. 시간이 흐를수록 정신이 아득해졌다.

"흑……, 흑……, 어!"

치타는 몸을 바닥에 비볐다. 고통이 점점 심해져 풀숲이 들썩거릴 정도로 몸을 심하게 꼬아댔다. 엉덩이 쪽이 점점 부풀어 오르더니 터지며 따뜻한 물이 한 바가지 쏟아졌다. 피가 섞인 이 물은 양수였다. 치타는 숨을 가쁘게 몰아쉬었다.

"정신을 잃으면 안 돼."

치타는 힘을 주어 몸속 새끼를 밖으로 밀어냈다. 새끼의 머리가 엉덩이 끝에 아슬아슬하게 걸려 있었다.

철퍼덕.

눈도 뜨지 못한 핏덩어리가 바닥에 떨어졌다. 새끼가 태어났다! 동시에 엄마도 태어났다. 새끼 몸에서 김이 모락모락 올라왔다. 그러고는 곧 꼬물락거리며 자신이 살아있음을 확인시켜 주었다. 엄마는 혀로 새끼 얼굴의 하얀 양막을 정성껏 핥아 주었다.

새끼의 폐로 첫 번째 숨이 들어찼다. 엄마는 새끼의 코에 얼굴을 가져다 댔다. 약하지만 기분 좋은 콧바람이 느껴졌다. 엄마는 서둘러 새끼와 함께 나온 핏덩이인 태반을 먹어치웠다. 다른 포식자 동물들이 냄새를 맡지 못하게 하려는 것이었다.

"휴."

잠시 쉬려는 순간, 두 번째 진통이 이어졌다.

"스읍, 후우. 스읍, 후우."

그리고 얼마 뒤 두 번째 새끼도 태어났다.

"으윽……."

치타의 얼굴이 다시 일그러졌다. 아직 출산이 끝나지 않은 모양이었다. 야생에서 치타는 한 번에 1마리에서 5마리 정도의 새끼를 낳는다. 이번에는 셋째까지 들어선 것이었다. 치타는 얼마 남지 않은 힘을 겨우 짜내 세 번째 새끼까지 몸 밖으로 밀어냈다.

갓 태어난 새끼들은 날쌘 엄마의 모습과는 많이 달랐다. 뭉실뭉실한 얼굴, 오동통한 몸매, 몸을 덮은 검은 갈색 털은 오히려 너구리에 가까워 보였다. 눈 밑에 선명한 눈물샘 무늬 하나만이 치타의 새끼임을 드러내고 있었다.

꺄아, 꺄아.

우는 소리도 참새가 지저귀는 것 같았다. 태어나자마자 걷고 뛸 수 있는 초식 동물과 달리 갓 태어난 치타는 스스로 할 수 있는 일이 아무것도 없었다. 엄마는 그런 새끼들을 하나하나 따뜻하게 품으면서도 수풀 밖을 열심히 살폈다.

새끼들은 본능적으로 엄마의 젖을 향해 몸을 꿈틀거렸다. 눈을 뜨지는 못했지만 젖에 입을 대는 데 성공했다. 엄마도 그제야 안심한 듯 한숨을 길게 내쉬었다. 큰 고비가 지나갔다. 그러나 험한 초원에서 살아남기 위한 대여정은 바로 지금부터 시작되는 것이었다.

엄마의 눈이 초롱초롱 별빛처럼 반짝였다.

"먼저, 이름부터 지어야겠어. 자매니까 한 글자는 같이 써서 '치루', '치킨', '치치'라고 하자."

이럴 때 함께 의논할 다른 치타가 있었으면 좋았을 것이다. 그러나 암컷 홀로 새끼를 낳아 기르는 치타의 습성상 모든 일은 혼자 해내야만 했다.

"치루, 치킨, 치치야. 같이 잘 살자꾸나. 알겠지?"

"꺄아, 꺄아."

"내 이름은 사만…… 다야. 너희들의 어… 엄마지."

사만다가 감격스러운 듯 떨리는 목소리로 말했다. 이 엄마 치타의 이름은 사만다였다. 치타가 이름이 있다는 것은 이상한 일이었다. 실은 몇 년 전 사만다를 졸졸 따라다니며 촬영했던 사람들이 있었는데, 그들이 이 암컷 치타에게 이름을 준 것이었다.

"저길 봐."

차로 다가오는 사만다를 보며 사람들이 환호했다.

"온다, 온다."

"더워서 그러나?"

"어머, 얘 좀 봐."

처음에 사만다는 이들을 경계했다. 그러나 어느 무더운 오후, 촬영 팀은 차 밑 그늘을 사만다에게 내주었다. 시원한 그늘에서 낮잠을 즐긴 다음, 사만다는 경계를 풀었다. 그 뒤로 사만다는 더욱 대범하게 촬영 팀에게 다가갔고, 차 아래로 들어가 밤이 될 때까지 잠을 자기도 했다.

"&#$%%* *^$@&? 사만다야. **&."

그들이 무슨 말을 하는지 알 수 없었지만, 자주 들리는 '사만다'라는 말을 좋게 기억하게 되었다. 그 뒤로 치타는 스스로를 '사만다'라고 생각하게 되었다.

이제 막 태어난 사만다의 새끼들은 두 달을 무사히 버텨야만 한다. 두 달이 지나 뛸 수 있게 되면 여전히 새끼이긴 해도 어디든 갈 수가 있을 것이다. 제대로 된 사냥을 하기 위해서는 초식 동물들의 대이동에 너무 늦지 않게 끼어야 했다.

뜨거웠던 태양이 서서히 땅으로 내려왔다. 나오지도 않는 젖을 빨다 지친 새끼들이 사만다의 품 안에서 잠들었다. 사만다는 아직 기운을 회복하지 못했지만 사냥 준비를 했다. 그리고 해가 서쪽으로 다 넘어가서야 조심스레 수풀을 빠져나와 토끼 한 마리를 잡았다. 새끼에게 젖을 먹여야 하니 충분한 양은 아니었지만 감사하며 먹었다.

사만다는 지친 몸으로 먼 곳까지 다시 돌아 움직였다. 사냥 뒤 바로 새끼들에게 가는 것은 몹시 위험한

일이었기 때문이었다. 엄마 냄새가 가까워지자 배고픔을 참던 새끼들이 소리를 내기 시작했다.

"꺄아, 꺄아! 엄마, 밥 줘요! 배고파요!"

사만다는 힘을 내어 젖을 물렸다.

누구의 도움도 없이 홀로 사냥하고, 은신처를 하루에 두 번씩 옮겨 가며 버텨야 하는 두 달. 엄마 치타라면 누구에게나 주어지는 숙제지만, 한 마리가 이것을 무사히 해낸다는 건 기적 같은 엄청난 일이었다.

북쪽으로 가는 길

이른 새벽, 사만다가 잠에서 깨어났다.

새끼를 낳고 기우느라 두 달 넘게 대이동에 끼지 못한 사만다는 마음이 초조했다.

"애들아, 얼른 일어나. 지금 떠나야 해."

"어, 어디로요?"

"북쪽. 먹이를 찾아가는 거야. 어서 일어나."

새끼들이 아직 잘 뛰지 못했지만 더 기다릴 수는 없었다. 오늘은 꼭 북쪽으로 향하는 이동에 끼어야만 했다.

낮은 풀을 뜯는 작은 초식 동물이 머무는 북쪽 초원, 그곳은 사자의 영역이기도 했다. 강한 힘을 가진 데다 커다란 무리를 지으며 초원 전체를 지배하는 사자들. 그들은 자신들의 영역에 어떤 경쟁자도 허락하지 않았다. 뿐만 아니라 북쪽에서는 하이에나 무리를 자주 마주칠 수도 있을 것이다. 그래도 사만다는 세 마리 새끼를 먹여 키우기 위해 그곳으로 향해야만 했다.

쿠르르르.

사만다 가족 앞에 거대한 강이 나타났다. 아프리카 초원의 생명 줄인 마라강, 북쪽 마사이마라로 가기 위해서는 반드시 이 강을 건너야 했다. 하지만 악어 떼가 우글거리는 이 험한 강에서 많은 동물들이 목숨을 잃었다. 모든 위험을 마주하고 마라강을 무사히 건넌 동물들만이 신선한 풀을 선물처럼 맛볼 수 있었다.

"여기야, 조심해. 절대로 발을 멈추면 안 돼."

사만다를 따라 새끼들이 부지런히 네 발을 움직여 강을 건너기 시작했다. 그리고 건너편에 점점 가까워질 때였다.

"엄마 이거 봐요!"

치킨이 장난치며 사만다를 돌아보았다.

"치킨!"

사만다의 무서운 표정에 치킨이 순간 기우뚱하며 물속으로 가라앉았다.

"너희들은 그냥 건너! 멈추지 마!"

사만다는 다른 새끼들에게 소리 치고는 치킨을 쫓아갔다. 하지만 아무리 쫓아가도 물살을 따라잡을 수 없었다. 절망의 순간, 갑자기 치킨의 몸이 공중으로 번쩍 떠올랐다.

"엄마!"

거대한 회색 그림자, 코끼리였다.

코끼리는 치킨을 코로 말아 올려 들고 강 건너편에 내려놓았다.

"고마워요."

"대지를 가르는 바람의 축복을 받은 자여, 이 모든 것은 우연일 뿐 나에게 감사하지 말게. 이 모든 것 또한 그대를 향한 자연의 섭리일 뿐."

코끼리는 알 수 없는 말만 남긴 채 멀어졌다.

네 가족은 다시 쉬지 않고 움직여 사자의 영역에서 멀지 않은 곳에 몸을 숨길 만한 숲을 찾았다. 마른 풀들이 잘 자라 있었고, 나무 그늘도 충분했다.

"엄마, 배고파요."

긴 이동에 지친 새끼들이 투덜거렸다. 사만다는 주변을 경계하며 사냥에 나설 준비를 했다.

"절대 돌아다니면 안 돼. 큰 소리를 내어도 안 된다."

오랫동안 먹이를 먹지 못해 사만다의 체력도 많이 떨어져 있었다. 하지만 시간이 지나면 사냥이 더 힘들어질 것 같았다. 조금이라도 힘이 남아 있을 때 사냥에 성공해야만 했다.

운이 좋았는지 사만다는 새끼 가젤을 잡을 수 있었다. 새끼들이 신나서 가젤을 먹는 동안, 사만다는 주변을 둘러보며 철저히 경계했다. 진한 피 냄새는 주변 포식자들을 불러오기 좋기 때문이었다.

식사가 끝나자 사만다는 남은 먹이를 은신처와 최대한 멀리 떨어진 곳에 던져두었다. 얼마 지나지 않아 자칼이 주위를 서성거렸고, 대머리독수리가 자기 차례를 기다리듯 하늘을 빙빙 돌았다.

"매일 오늘만 같으면 좋겠는데……."

사만다가 읊조리듯 말했다. 간만에 배가 불러서인지 잠이 잘 올 것 같았다. 벌써 꿈나라를 여행하는 새끼들 옆에서 사만다도 잠을 청했다.

다시 사흘이 지났다. 하지만 그동안 한 번도 사냥에 성공하지 못했다. 사만다는 더 이상 어쩔 수가 없었다. 사자의 영역 안쪽으로 들어가는 수밖에.

"사자들의 땅으로 이제 들어갈 거야. 사자는 아주 무서운 존재지."

"엄마, 사자들은 우리를 싫어해요?"

"사자는 그 누구와도 어울리지 않아. 이곳의 왕이니까. 자기들끼리만 모여 살지."

"그런데 왜 치타들은 같이 모여 살지 않아요?"

예상치 못한 치루의 질문에 사만다는 잠시 생각에 잠겼다.

꾸르쿠르르.

하이에나들이 서로를 부르는 소리가 들렸다. 먹잇

감을 찾았다는 콜링 사인이었다. 점점 가까워지는 소
리에 사만다는 몸을 낮추고 집중했다.

"모두 몸을 낮춰. 소리를 내선 안 돼."

새끼들도 잔뜩 겁을 먹고 엎드렸다. 사만다가 조금
더 앞으로 나아가자 콜링 사인을 따라 모여든 하이에
나들이 눈에 들어왔다. 그런데 그곳은 뜻밖에도 사자
의 영역 한가운데였다.

바로 사자들이 사냥한 먹이, 누 때문이었다. 오랜만
에 사자들이 한데 모여 얼굴에 피를 묻히며 허기진 배
를 채웠다. 며칠째 사냥에 실패한 하이에나들은 그 모
습을 초조하게 지켜보고 있었다. 극한에 다다른 배고

품보다 더 두려운 것은 없었다.

하이에나들은 여왕의 명령을 기다렸다. 수십 마리 중 덩치가 가장 큰 녀석이 무리의 여왕 '말키아'였다. 말키아는 한참 동안 사자 무리의 눈치를 보았다. 배를 먼저 채운 무리의 지킴이 수컷 사자가 수풀 그늘로 사라졌다. 말키아는 그 틈을 놓치지 않았다.

"지금이다! 가서 먹이를 빼앗아라!"

명령이 떨어졌다. 하이에나의 움직임에 사자들도 자리에서 일어나 경계하기 시작했다. 수가 많은 하이에나들은 거침없이 먹이로 달려들었다. 그때, 젊은 암컷 사자 두 마리가 나와 소리쳤다.

"감히 어딜!"

하이에나들은 뒤로 물러났지만, 떠나지는 않고 계속 주변을 어슬렁거렸다. 사자들은 먹이를 끌고 나무 쉼터 뒤쪽으로 자리를 옮겼다. 보초를 서던 젊은 암컷 사자 둘도 따라갔다.

사자 무리가 기세 싸움에서 밀린 듯했다. 곧 하이에나들이 가까이 다가오더니 남겨진 피와 작은 고기 조각들을 허겁지겁 먹었다. 피와 고기를 맛본 하이에나들은 먹이를 더 먹고 싶다는 욕심에 가득 찼다. 사자가 두렵다는 것도 잊은 듯했다.

크으르르르.

하이에나들이 한 걸음씩 더 다가갔다. 분위기가 바뀐 것을 눈치챈 사자들이 흰 이빨을 보이며 맞섰다. 그러나 아무리 사자라도 하이에나들이 무리를 지어 덤비면 당하는 일도 있었다. 당황한 사자들을 지켜보는 우두머리 말키아의 입에 옅은 승리의 미소가 감돌았다. 그 순간이었다.

캬오!

암컷 사자의 포효가 온 초원에 울려 퍼졌다.

멀찌감치 있던 암컷 사자의 우두머리 '레아나'가 하악질을 하더니 말키아를 향해 전속력으로 달렸다. 눈 깜짝할 새 레아나는 말키아의 바로 앞까지 왔다.

탁!

말키아가 급히 뒤로 물러서다가 레아나의 앞발에 얻어맞고는 땅에 뒹굴었다. 미처 일어나기도 전에 레아나의 앞발이 다시 날아왔다. 데굴데굴 구르던 말키아는 간신히 몸을 일으키고는 뒤도 돌아보지 않고 도망쳤다.

　사자들의 승리였다. 사자들 무리가 당황하고 있을 때
우두머리 레아나가 결정적인 역할을 해 준 것이었다.

　사만다는 숨을 죽인 채 이 모든 것을 지켜보았다.

　'아, 나에게도 저런 동료가 있다면…….'

생각에 잠긴 사만다는 근처에 온 암컷 사자 한 마리를 보지 못했다. 벌떡 일어나 도망치려 했지만 금세 사자 무리에 둘러싸였다.

"겁도 없구나. 사자 영역에 들어오다니."

"당장 죽여!"

젊은 사자들이 하이에나에게 당한 분을 풀려는 듯 강하게 몰아붙였다. 사만다는 얼어붙은 듯 꼼짝할 수 없었다. 머릿속은 온통 새끼 생각뿐이었다. 그때 누군가 말했다.

"그냥 보내 줘."

사자들이 모두 뒤를 돌아보았다. 목에서 엉덩이까지 내려오는 매끈한 근육, 야무지게 다문 입, 단호한 눈, 부드럽지만 힘이 느껴지는 목소리. 그건 바로 우두머리 레아나였다.

"레아나! 이 치타는 우리 영역에 들어왔어요. 그런데 그냥 보내 주라고요?"

"보내 줘. 그리고 거기 치타. 다음에는 절대 살려 두지 않겠다."

"……."

"모두 제자리로 돌아가!"

사자들은 이해할 수 없다는 듯 고개를 갸우뚱하며 돌아가기 시작했다. 레아나의 결정은 절대적이었다. 몸을 돌려 몇 발짝 옮기던 사만다가 갑자기 발걸음을 멈췄다. 레아나가 자기를 살려 주는 이유를 알 수 없었다. 그러고는 무엇에 홀린 듯 뒤를 돌아보았다.

레아나는 여전히 매서운 눈빛을 하고 있었지만 사만다가 돌아보자 조금 놀란 표정이 되었다. 하지만 이내 몸을 낮추고 날카로운 송곳니를 보였다.

"저를 왜 살려 주시는 거죠?"

레아나의 눈이 동그래졌다.

"사자들은 치타를 살려 두지 않잖아요. 그런데 왜?"

레아나는 내답하지 않았다. 조금 부드러워진 눈빛으로 사만다를 쳐다볼 뿐이었다. 레아나의 눈은 퉁퉁 부어 있는 사만다의 젖에 멈추어 있었다. 비릿한 젖 냄새가 바람을 타고 사만다의 코를 스쳤다.

'설마?'

"네가 아니라 네 새끼들을 살려 준 것으로 하지. 그러나 두 번은 없다."

사만다는 그제야 정신이 번쩍 들었다. 두려움이 한꺼번에 밀려와 다리가 덜덜 떨렸다. 레아나의 혼잣말이 들렸다.

"암컷 치타들은 힘도 없으면서 왜 혼자 다니는 거지?"

사만다는 달리고 또 달려 새끼들이 있는 곳으로 돌아왔다. 늦은 밤 두려움과 배고픔에 지친 새끼들은 곤히 잠들어 있었다.

"흑흑흑."

갑자기 눈물이 쏟아졌다. 밤이 깊도록 사만다의 눈물은 멈추지 않았다.

임팔라 사냥

아침이 밝았다. 초식 동물 무리의 발굽 소리가 땅을 울리지 시게 알림을 들은 것처럼 사만다가 눈을 떴다. 굶주림에 지친 새끼들은 여전히 뒤엉켜 자고 있었다. 어젯밤 목숨을 건진 게 다행이라는 기쁨도 잠시, 배가 너무 고파서 얼굴이 찡그려졌다.

'벌써 나흘째야.'

새끼들의 홀쭉해진 배를 보며 작게 한숨을 쉬었다. 오늘은 새끼들을 절대 굶길 수 없었다.

그렇지만 며칠이나 굶은 탓에 사만다의 다리는 너무나 무겁게 느껴졌다. 어젯밤 사자들의 경고는 그보다 더 무겁게 느껴졌다. 지금이라도 이곳을 떠나야 하는 걸까? 사만다는 빈 들판을 멍하니 바라보았다.

타닥타닥.

가벼운 발자국 소리가 들렸다.

까아까.

임팔라 새끼였다! 녀석이 꼬리를 흔들며 사만다 가족이 있는 곳으로 다가왔다. 얼마 만에 보는 사냥감인지! 잠이 깬 새끼들이 침을 꼴깍 삼켰다.

새끼 임팔라 앞에 작은 나비 한 마리가 날개를 팔랑거리고 있었다. 아마도 저 호기심 많은 새끼는 나비 한 마리를 쫓아 여기까지 오게 되었을 것이다. 어미와 점점 멀어지는지도 모른 채 말이다.

"엄마, 저희도 도울게요."

치치가 말했다.

새끼 치타들도 이제는 사냥 연습이 필요했다. 하지만 지금은 아니었다. 사흘이나 굶은 탓에 이번 사냥은 절대 실패해서는 안 되기 때문이었다.

"너희들 마음은 알겠지만 엄마가 혼자 해야 해."

사만다는 몸을 거의 바닥에 붙인 채 조심스레 새끼 임팔라에게 다가갔다. 아무리 어려도 임팔라는 튼튼한 다리를 가지고 있어 대단히 빨랐다. 치타가 초원에서 가장 빠른 동물이긴 해도 초원 어디에도 잡기 쉬운 사냥감은 없었다.

사만다가 다가가는 데도 여전히 새끼 임팔라는 나비의 날개짓에 정신이 팔려 있었다.

"조금 더⋯⋯."

사만다는 터질 것 같은 심장을 느끼며 침착하게 한 발자국을 떼었다. 한 걸음만 더. 두 번째 걸음을 떼려는 순간, 새끼 임팔라가 고개를 뒤로 돌렸다. 사만다와 눈이 마주쳤다!

새끼 임팔라는 반대 방향으로 냅다 달리기 시작했다. 둥글게 휘어졌던 사만다의 허리가 순식간에 펴지며 마치 화살처럼 앞으로 튀어나갔다. 순식간에 시속 90킬로미터의 속도로 돌진했다.

까아까.

새끼 임팔라가 어미를 찾아 울부짖었다. 하지만 거

리는 점점 좁혀지고 있었다. 이리저리 방향을 바꿨지만 노련한 사냥꾼인 사만다를 따돌릴 수는 없었다. 사만다가 새끼 임팔라의 다리를 걸어 넘어뜨렸다. 그러고는 목을 물고 앞다리로 온몸을 눌렀다.

그때 수컷 임팔라 세 마리가 나타났다. 긴 뿔을 앞세우고 사만다에게 무서운 속도로 다가오고 있었다. 사만다는 새끼를 누른 채 고개를 들어 이빨을 드러냈다.

크으르릉.

하지만 위협은 통하지 않았다. 수컷 임팔라들이 점점 더 다가왔다. 그들의 날카로운 뿔에 찔리면 목숨을 잃을 수도 있었다. 사만다가 망설이는 사이 새끼 임팔라는 몸을 일으켜 무리 쪽을 향해 달려가고 있었다.

사만다는 무척 지친 얼굴로 새끼들 곁으로 돌아왔다. 세상에서 가장 빠른 치타의 달리기는 하루에 한 번

정도밖에 쓸 수 없는 능력이었다. 그런데 오늘도 소득 없이 써 버리고 만 것이었다. 평소라면 한 번쯤 더 달릴 수도 있었겠지만 도저히 그럴 힘이 없었다. 어쩌면 몸보다 마음이 더 지친 것 같았다.

돌아온 사만다에게 둘째 치킨이 물었다.

"엄마, 임팔라를 왜 그냥 보내 주셨어요? 어린 새끼도 아니었잖아요."

"맞아, 배불리 먹고도 엄청 남았을 텐데……."

셋째 치치의 말이 이어졌다.

사만다는 잠시 생각에 잠겼다가 말했다.

"새끼 임팔라를 구하러 아빠들이 왔어. 그들의 뿔은 아주 날카롭고 위험하지."

"아빠요? 그런데 엄마, 우리 아빠는 어디에 있어요?"

치킨의 말에 사만다는 다시 입을 열었다.

"치타들은 무리 지어 생활하지 않아. 엄마가 혼자 아이들을 키우지. 엄마의 엄마도 그랬고, 엄마의 할머니도 그랬어. 이게 치타들의 방식이란다."

새끼들은 잘 이해가 되지 않는다는 듯 서로 멀뚱히 쳐다보았다. 사만다는 그 모습을 애서 외면했다.

"잠시 쉬어야겠구나."

사만다는 엎드려 눈을 감았다. 머릿속에 여러 가지 생각이 거센 폭풍처럼 휘몰아쳤다. 치킨의 말은 사만다가 어릴 적 엄마에게 한 질문이기도 했다.

새끼들이 하나씩 사만다의 곁에 누웠다. 배는 고팠지만 서로의 체온을 느끼며 마음이 따뜻해졌다.

치치가 사라지다

어른이 된다는 건 사냥하는 동물이나 사냥하지 않는 동물 모두에게 힘든 일이다. 새끼 치타 열 마리가 있다면 그중 어른이 되는 치타는 겨우 한 마리 정도다. 새끼 치타들은 사자와 하이에나, 심지어 같은 수컷 치타들에게까지 생명을 빼앗길 수 있었다. 그러니 초원에서의 삶은 매일매일 위기의 연속이었다.

무더웠던 오후의 해가 지평선 너머로 내려가기 시작했다. 길어지는 그림자를 보며 사만다는 새끼들을 재촉했다. 어둠이 시작되면 움직이는 하이에나와 사자를 피해 서둘러 안전한 곳을 찾아야 했기 때문이다.

"오늘은 여기서 자야겠구나."

새끼들은 많이 피곤했는지 사만다의 품에서 금세 잠들었다. 잠이 든 세 마리 새끼를 보며 사만다는 지난 시간들을 떠올렸다.

7년 전 사만다도 이 녀석들처럼 새끼 시절을 보냈다. 어른이 되어서는 처음으로 새끼 두 마리를 낳았는데, 하이에나와 자칼에게 다 잃고 말았다. 8살이 된 지금, 사만다는 새끼를 낳는 일에도 키우는 일에도 경험이 쌓였다. 하지만 혼자 육아를 한다는 것은 여전히 힘든 일이었다. 게다가 이번에는 새끼가 세 마리나 되었다. 새끼들이 쑥쑥 자랄수록 더 많은 먹이가 필요했다.

아름다운 은하수가 밤하늘 한가운데를 가로지르고 있었다.

'앞으로 1년······.'

그때쯤 새끼들은 사만다의 곁을 떠나게 될 것이다. 생각하니 새끼들에 대한 마음이 애틋해졌다.

크아오!

멀리서 사자들의 포효 소리가 들려왔다. 어둠이 깊어지면 사냥에 나서는 사자들. 강자들의 시간이 되었다는 신호였다. 사만다는 두려웠지만 한편으로는 부러운 감정도 밀려왔다.

'내가 조금만 더 강했다면, 누군가 함께할 수 있었다면 어땠을까?'

피곤했지만 수많은 생각으로 쉽게 잠이 오지 않았다.

잠을 설친 사만다는 힘겹게 눈을 떴다. 새끼들을 핥아 주고 몸을 쭉 펼쳤다. 요즘 부쩍 자란 새끼들은 사만다와 사냥 놀이를 하곤 했다.

"잘 봐, 발걸음은 이렇게. 가젤들은 귀가 밝단다. 가까이 가면 몸을 낮추고 때를 기다려야 해. 그리고 뛰어. 이렇게 다리를 걸어 넘어뜨리고 힘껏 목을 물면……."

"으악!"

사만다는 숨이 넘어가는 가젤의 모습을 우스꽝스럽게 따라 했다.

"잡았다! 하하하."

그러다가 사만다는 화살이 날아가듯 새끼들을 눈 깜짝할 새에 덮쳤다.

"꺄악! 살려 줘요."

새끼들은 저마다 비명을 지르며 도망쳤다. 사만다는 목덜미를 물며 앞발로 한 녀석씩 넘어뜨리고는 다시 일으켜 털에 붙은 풀잎을 툭툭 털어 주었다.

"이번에는 내가 해 볼래요."

세 녀석 중에서도 막내 치치가 가장 열심이었다. 자

신도 엄마를 도와서 사냥을 하겠다고 말이다. 이런 놀이는 몸을 발달시키고 사냥 본능을 키우는 데 좋았다. 그렇게 새끼들도 야생에서 살아가는 방법을 조금씩 터득하고 있었다.

곧 사만다가 진짜 사냥에 나섰다. 가까운 곳에 토피의 무리가 있었다. 하지만 혼자 사냥하기에 토피는 몸집이 너무 컸다. 사냥감을 더 탐색하던 사만다의 눈에 무리에서 조금 떨어져 있는 새끼 가젤이 들어왔다. 사만다는 조금씩 새끼 가젤을 향해 다가갔다. 새끼 가젤은 처음 보는 사만다가 신기한 듯 꼬리를 흔들며 큰 눈망울을 깜박거리고 있었다. 사만다는 순간 망설였지만 이내 달려들어 목을 물었다.

사만다의 가족은 사이좋게 둘러앉아 새끼 가젤을 뜯어 먹었다. 누군가의 죽음은 누군가의 삶이 되면서 끝없이 이어지는 생명의 고리가 되었다.

식사가 끝나고 한낮 뜨거운 태양이 심술을 부리기 시작하자, 치타 가족은 나무 그늘을 찾았다. 오랜만에 배불리 먹어서인지 새끼들의 눈이 금방 감겼다. 지난밤 잠을 설친 사만다의 눈도 스르르 감겼다.

얼마나 시간이 흘렀을까? 가장 먼저 눈을 뜬 것은 막내 치치였다.

"엄마, 엄마."

사만다는 치치가 불러도 깨지 않을 만큼 깊은 잠에 빠져 있었다.

"언니, 언니."

치치의 두 언니들도 마찬가지였다.

"쳇, 잠꾸러기들!"

그때 치치의 눈에 작은 움직임이 들어왔다. 동그란 엉덩이를 가진 바위너구리였다. 그 귀여운 엉덩이는 사냥 본능을 일으키기 충분했다. 조심스레 발걸음을 옮기는 치치와 아무것도 모르는 바위너구리의 표정이 작은 긴장감을 만들었다.

"에잇!"

치치가 폴짝 뛰어오른 순간 바위너구리는 마치 그 모습을 비웃기라도 하듯 피해 버렸다. 약이 오른 치치는 바위너구리를 쫓기 시작했고, 둘의 추격전이 이어졌다.

"아, 놓쳐 버렸네. 아쉽다."

치치가 고개를 들어 주변을 둘러보았다. 그제야 주변의 풍경이 많이 바뀌었다는 것을 알 수 있었다.

"어, 여긴 어디지?"

치치의 얼굴에 두려움이 스쳐 갔다.

"엄마! 엄마!"

아무리 불러도 엄마의 목소리는 들리지 않았다. 그 순간 무언가 다가오는 땅의 진동이 느껴졌다.

"아, 버펄로다!"

비가 오지 않는 때에 무리 지어 이동하는 버펄로는 큰 위협이었다. 거대한 버펄로 무리에 차이거나 밟혀 많은 동물들이 생명을 잃었기 때문이다.

"지타 새끼로군. 길을 잃었나?"

버펄로는 거칠게 콧김을 내뿜었다. 버펄로는 새끼 사자나 치타를 만나면 반드시 죽였다. 자신의 새끼를 위해 미래 사냥꾼의 싹을 없애는 행동이었다.

주변에 또 다른 치타가 없다는 것을 확인한 버펄로는 치치에게 빠르게 달려들었다. 치치는 공격을 피해 데굴데굴 굴렀다. 돌과 나뭇가지에 부딪히고 채였지

만 아픈 줄도 몰랐다.

　살아야 한다는 본능만이 다리를 움직이고 있었다. 달아나던 치치는 간발의 차이로 좁은 나무 사이 틈으로 숨어들었다. 그 앞에서 씩씩거리던 버펄로는 나무에 뿔을 쿵쿵 부딪히며 발을 몇 번 구르더니 결국 포기하고 자신의 무리로 돌아갔다.

어느덧 지평선 너머로 해가 지고 있었다. 치치는 배가 고팠다. 언제 다쳤는지 왼쪽 앞발에 피가 흐른 자국이 길게 나 있었다. 멀리서 밤의 주인들이 우는 소리가 들려왔다. 치치는 이러지도 저러지도 못하고 나무 틈에서 바들바들 떨었다.

바스락.

어디선가 아주 작은 발걸음 소리가 들렸다. 등에 있는 은갈색 털이 곤두섰다. 앞발에 발톱이 가시처럼 올

라왔다.

"여기가 좋겠다. 오늘은 여기서 자자."

"아, 엄마 벌써 자요?"

"쉿, 밤에는 조용히 해야 해. 알지?"

엄마와 어린 새끼의 대화였다. 바람에 실려 오는 냄새는 사만다와 비슷한 것 같았다. 정신이 든 치치는 나무 틈으로 빼꼼히 고개를 내밀었다.

"어!"

새끼 치타의 목소리였다. 새끼 치타와 눈이 마주친 치치는 깜짝 놀라 황급히 숨었다.

"엄마, 저기!"

엄마 치타는 고개를 들고 경계 태세를 갖추었다.

"이런, 누구지?"

엄마 치타는 아주 조금씩 치치 쪽으로 다가왔다.

"너……."

깜짝 놀라긴 했지만 치치의 몽실몽실한 귀여운 모습에 엄마 치타는 긴장이 풀려 버렸다.

"새끼 치타구나. 엄마는 어디에 있니?"

"길을 잃었어요. 바위너구리를 쫓다가 너무 멀리 와 버렸나 봐요."

자기 또래의 치타를 처음 본 새끼는 호기심이 가득한 표정이었다. 하지만 엄마 치타는 난감했다.

"흠, 어쩐다. 우리는 도와줄 수가 없구나."

"엄마, 오늘만 같이 있으면 안 돼요?"

친구가 생겨 좋아하는 새끼의 얼굴과 여전히 두려움에 몸을 떠는 치치의 얼굴이 엄마 치타의 눈에 동시에 들어왔다.

"어떻게 해야 할지 잘 모르겠다. 하지만 혼자 두면 안 될 것 같으니. 오늘은 같이 자자."

"예!"

새끼 치타의 환호성과 함께 치치의 얼굴에도 조금씩 여유가 생기고 있었다.

"난 치치야, 네 이름은 뭐야?"

"이름? 그게 뭐야? 난 그냥 엄마의 딸이야."

엄마 치타가 고개를 돌려 치치를 바라보았다.

"치치라고 했니? 우리는 그런 이름이 없어. 어차피 다른 치타들과 무리 지어 다니지 않으니 부를 이름도 필요 없지. 너는 얼마나 자란 거니? 우리 딸은 태어난 지 여섯 달째란다."

"엄마가 다섯 달 전에 저희를 낳았대요. 아줌마."

"와! 엄마, 나보다 어린 치타야."

여섯 달 새끼 치타의 목소리가 살짝 들떴다.

"나는 언니도 있어요. 엄마랑 언니 둘."

"언니들? 좋겠다. 나는 늘 혼자인데. 같이 놀면 정말 재미있겠다."

"응, 우린 같이 사냥 놀이도 해."

엄마와 언니들이 생각난 치치는 울적한 기분이 들었다. 영영 못 만나게 될까 봐 금세 눈물이 차올랐다.

엄마 치타는 치치의 뺨을 핥으며 부드럽게 말했다.

"걱정 마, 곧 만날 수 있을 거야. 오늘은 아줌마 옆에서 같이 자자."

치치는 오늘 만난 두 치타 곁에서 가족 같은 포근함을 느꼈다. 마치 엄마 품처럼, 두 언니 곁에 있는 것처럼 조금씩 긴장이 풀어졌다. 치치의 무거운 눈꺼풀이 스르르 감겼다.

꺅꺅.

코뿔새 한 무리가 수풀 위를 날아갔다. 아침이 밝은 지 한참 되었지만 치치는 늦잠을 자고 말았다.

"엄마."

치치는 엄마를 찾았다.

'아! 맞다. 난 길을 잃었지.'

갑자기 마음이 우울해졌다. 어제 같이 잠이 들었던 새끼 치타를 찾았다. 하지만 어디에도 보이지 않았다.

쿵쿵쿵쿵.

지진이 난 것처럼 땅이 흔들리더니 저 멀리 코끼리 떼가 바삐 움직이는 것이 보였다. 치치는 몸을 바짝 엎드리고 말 없이 그 모습을 지켜보았다.

'어디로 가는 거지? 이제 난 어디로 가야 하지? 코끼리들을 따라가면 엄마와 언니를 만날 수 있을까?'

치치는 머리를 몸속에 파묻었다. 어떻게 해야 할지

알 수 없었다. 버펄로를 피하다 다친 다리는 더욱 부어올랐고, 이틀째 굶어 아무런 힘도 남아 있지 않았다. 할 수 있는 것이라곤 수풀 속에 숨어 엄마를 기다리는 것뿐이었다.

치치의 머릿속에는 가족들과 함께했던 소중한 기억만 계속 떠올랐다.

어느새 또 초원의 태양이 서쪽 하늘로 넘어갔다. 힘 있는 자들의 시간이 또다시 다가오고 있는 것이었다.

꺄아.

꺄아.

수풀 근처에서 암컷 치타의 콜링 사인이 들렸다. 보통과는 다른 아주 큰 소리였다. 콜링 사인은 어미 치타들이 새끼 치타를 부를 때 쓰기 때문에 큰 소리로 하지 않았다. 자칫 하이에나나 사자와 같은 천적들을 불러들일 수도 있기 때문이었다.

"내가 헛것이 들리나?"

꺄아.

꺄아.

소리가 점점 멀어지고 있었다.

"엄마다!"

치치의 눈에서 눈물이 왈칵 쏟아졌다. 망설이고 있을 수 없었다. 치치는 고개를 들어 낼 수 있는 가장 큰 소리로 콜링 사인을 보냈다.

꺄아, 꺄아.

하지만 콜링 사인은 계속 멀어져 갔다.

"엄마 저 여기 있어요. 꺄아!"

있는 힘을 다해 소리를 냈지만 아까보다 더 크게 나오질 않았다. 너무 지쳐서인지 이제 작은 소리조차 낼 힘이 없었다. 사만다의 소리가 들리지 않자 치치는 수풀에 그대로 쓰러졌다.

"어, 어, 엄마……."

눈이 스르르 감겼다. 이대로 잠이 들면 다시 눈을 뜰 수 있을지 알 수 없었다.

두 치타의 만남

"일어나, 이 녀석아! 얼마나 걱정했는지 알아?"

"이젠 바로 옆에서 헛소리가 들리네."

아니었다. 바로 앞에 큰 언니 치루가 서 있었다. 잘 못 본 건가 싶어 치치는 눈을 비비고 다시 앞을 보았다. 언니 치루가 빙그레 웃고 있었다.

"아! 치루 언니."

둘은 서로를 핥으며 눈물을 흘렸다.

"치킨 언니하고 엄마는?"

"같이 다니면 못 찾을 거 같아서 서로 간격을 벌려서 다니고 있었어."

"내 콜링 사인을 언니가 들은 거야?"

"응, 하지만 우리는 소리를 내면 안 돼. 하이에나가 쫓을 수도 있으니……."

"그런데 엄마는 콜링 사인을 크게 냈잖아."

"어쩔 수 없잖아. 오늘 너를 못 찾으면 영영 잃을 수 있으니……."

"아! 이제 우리는 어떻게 해?"

"길이 엇갈리면 여기서 만나기로 했어. 여기서 기다리자."

"언니! 나 치타 친구랑 그 치타의 엄마를 만났어."

"뭐라고? 여기에 또 다른 치타가 있다고?"

치루의 눈이 동그래졌다.

"응, 좋은 치타들이야. 어쩌면 다시 올 수도 있어."

"뭐? 엄마가 절대 누구도 믿지 말라고 했잖아."

치루가 경계의 눈빛으로 주위를 살폈다.

"안 되겠다, 치치. 여기를 벗어나야겠어."

"아니라니까! 그 치타들은 내 친구라고."

"네가 지금 얼마나 위험한 행동을 한지 알아? 우리 다 위험에 빠뜨릴 수도 있다고!"

치루는 답답한 듯 앞발로 땅을 탕탕 쳤다.

쿠우쿠우 크르르르.

멀지 않은 곳에서 암컷 하이에나 소리가 들렸다. 하이에나 무리의 우두머리는 암컷이다. 저런 소리를 낸다는 것은 사냥의 시작을 뜻했다. 어쩌면 그 사냥의 대상이 새끼 치타일 수도 있다.

"엎드려, 치치. 아무래도 하이에나가 몰려들 모양이야. 네 친구 치타들이 여길 저 녀석들에게 알려 줬을 수도 있어!"

그 말에 치치는 언니를 째려보았다. 언니는 그런 치치를 한심한 듯 쳐다보았다.

그때였다. 풀을 가르며 누군가 나타났다. 치치와 치루는 몸이 굳어 버렸다. 어스름한 형체가 보였다.

"아직 있었구나. 다행이다."

어제 만난 엄마 치타였다. 뒤를 따라오던 새끼 치타의 목소리도 들렸다.

"치치, 누구니?"

"응, 어제 만난 언니야."

"뭐라고? 언니?"

자기 동생이 처음 보는 치타를 언니라고 하자 치루의 마음이 좀 불편해졌다.

"어제 동생을 도와주셨다고 들었어요. 감사해요. 저희는 이제 가야 해요. 엄마를 만나야 하거든요."

"배고프지 않니? 자, 이것 좀 먹고 가."

엄마 치타는 가젤의 다리를 내려놓으며 다정하게 말했다. 그러고 보니 치루도 치치도 며칠째 굶고 있었다. 배에서 꼬르륵 소리가 났다. 치치는 언니가 한 말이 생각나 멈칫거렸다. 하지만 언니 치루는 이미 가젤의 앞다리를 뜯고 있었다.

"우거적, 우거적. 아줌마, 이 가젤 정말 맛있네요."

치루는 입에 가젤 다리를 가득 물고 말했다.

'뭐야? 아무도 믿지 말라더니…….'

그렇게 치치와 치루는 허기진 배를 달랬다.

"그나저나 큰일이야. 이쪽으로 하이에나가 몰려들고 있어. 이제 여길 벗어나야 해."

엄마 치타의 표정이 점점 어두워졌다.

"어떤 정신 나간 치타 한 마리가 여기저기 콜링 사인을 하고 있지 뭐야. 아마 그 소리를 듣고 하이에나들이 모이는 것이겠지."

잠시 정적이 흘렀다.

"아줌마, 그 치타가 저희 엄마 사만다예요."

치루가 말했다.

"뭐?"

엄마 치타는 흠칫 놀라는 눈치였다.

"그 치타 여기서 멀지 않은 곳에 있어. 해가 지는 가시덤불 쪽으로 가 보렴."

"엄마, 우리가 치치를 거기까지 데려다줘요."

새끼 치타가 엄마 치타를 보며 말했다.

"안 돼. 우리가 할 일은 했어. 언니도 만났으니 치치도 갈 길을 가야 해. 치타는 도움을 주고받지 않아."

"네, 아줌마. 가젤은 잘 먹었어요. 우리가 엄마를 찾을게요."

치루가 지지 않으려는 듯 대꾸했다.

"그래, 그럼 이젠 안녕. 가자, 아가야."

"네, 엄마."

새끼 치타는 마지못해 대답했다. 그 순간 엄마 치타의 발이 얼어붙었다. 언제부터 있었는지 침이 잔뜩 고인 하이에나 한 마리가 흐리멍덩한 눈을 껌벅이며 한 발 한 발 다가오고 있었다.

주위를 살펴보니 다행히 한 마리뿐이었다. 욕심 많은 녀석이 혼자 사냥감을 다 차지하려고 다른 하이에나를 부르지 않은 모양이었다.

'남을 도와주다가 일이 생겼네.'

엄마 치타는 속으로 후회하며 송곳니를 드러냈다.

카아악.

엄마 치타는 몸을 바짝 엎드려 공격 자세를 취했다.

"크으르릉, 나랑 맞설 수 있을 거라 생각하나?"

"카아악, 절대 내 새끼는 내줄 수 없어."

엄마 치타는 더욱 강렬한 눈으로 하이에나를 쏘아 보았다.

팽팽한 긴장감 속에서 하이에나가 더 다가오고 있었다. 이미 기세는 기울었다. 며칠을 굶었는지 하이에나의 뱃가죽이 홀쭉했다. 엄마 치타는 점점 뒷걸음쳤다. 그때였다!

하이에나 뒤에 독을 품은 듯한 암컷 치타 한 마리가 하얀 이빨을 내밀며 서 있었다. 사만다가 치킨과 함께 나타난 것이었다.

카아악!

사만다는 등 털을 곤두세우며 앙칼진 하악질을 시작했다.

"크으릉, 뭐야? 두 마리였어?"

하이에나는 두 치타를 번갈아 보며 눈치를 살폈다.

"쳇! 오늘은 재수가 없군."

하이에나는 안 되겠다는 듯 수풀 밖으로 뛰어갔다.
사만다와 엄마 치타는 한참 동안 긴장을 풀지 못하고
하이에나의 뒷모습을 지켜보았다. 하이에나가 멀리 사
라지자 사만다와 엄마 치타는 털썩 주저앉았다. 네 마
리 아기 치타들은 각자 엄마의 품속에 파묻혀 몸을 비

벼댔다.

"고마워요. 덕분에 살았어요."

"덕분이라니요. 당신이 아니었으면 내 새끼들이 무
사하지 못했을 거예요."

두 엄마 치타는 서로를 쳐다보며 이야기를 나누었다.

"아! 제 이름은 사만다예요."

"이름이 있는 암컷 치타라? 재미있군요. 저는 이름이 없어요. 제 딸도 크면 헤어질 거라 이름을 지어 주지 않았어요."

"언젠가 이별한다고 이름을 지어 줄 필요가 없다고는 생각하지 않아요. 이름이 있으면 새끼들과 보낸 시간들을 추억하기 좋으니까요."

사만다가 진지하게 이야기하자 엄마 치타는 불편한 미소를 지었다. 엄마 치타는 주제를 바꾸고 싶었다.

"이제 어쩌면 좋죠? 사만다."

"오늘은 이 근처 수풀에 숨어서 자고 내일은 이동해야죠. 이곳 마사이마라는 이제 비가 내리지 않을 거예요. 비구름을 따라 남쪽 세렝게티로 가야 해요."

"아! 그런 거였군요. 어쩐지 초식 동물들이 자꾸 어디로 가길래 이상하다 했어요."

사만다는 궁금한 걸 이것저것 물어보는 엄마 치타의 모습이 귀여워서 자기 이야기를 더 해 주었다. 사실 암컷 치타들은 개인적인 이야기를 남에게 말하길 꺼렸다.

"전 8살이에요. 7번 정도 남쪽 세렝게티 초원과 북쪽 마사이마라 초원을 오갔네요."

"전 2살이에요. 사실 어디로 가야 할지 잘 모르겠어요. 전에도 엄마를 따라 어디를 계속 다녔던 것 같은데…….."

엄마 치타는 사만다를 보며 물었다.

"사만다, 우리는 늘 그렇게 살아야 하나요? 평생 남쪽과 북쪽을 오가며?"

"그래야 한다는 법은 없지만 초식 동물을 먹는 우리는 그들을 따라나설 수밖에 없잖아요."

"그렇군요. 이렇게 누군가에게 물어볼 수 있다니 참 좋아요."

"나도 좋네요. 제가 아는 걸 나눌 수 있어서요."

엄마라는 공통점은 금세 이 둘을 묶어 주는 끈이 되었다.

"혹시, 언니라고 해도 돼요?"

"언니요?"

사만다가 놀란 표정을 지었다.

"불편하시면…….."

엄마 치타는 민망했는지 겸연쩍은 미소를 지었다.

"아니에요. 좋아요. 언니라……. 너무 오래만에 들어 보는 말이라 잠깐 놀랐어요."

사만다가 환한 표정으로 미소를 지으며 말했다.

하루가 고단했는지 새끼 치타 네 마리는 이미 서로를 품으며 깊이 잠들었다. 그렇지만 두 엄마의 이야기는 끝이 없었다. 앞으로 이동할 남쪽 세렝게티 초원에 대한 기대감이 두 엄마 치타의 밤을 가득 채웠다.

함께 보낸 시간

초원의 아침은 초식 동물에서 시작한다. 얼룩말과 누 떼의 식사기 이른 아침부터 한창이었다. 초식 동물들 중에서도 얼룩말과 누는 유난히 함께 붙어 지냈다.

눈이 나쁜 누는 적을 쉽게 발견하지는 못하지만 아주 멀리 있는 물 냄새, 풀 냄새까지 맡을 수 있었다. 반면 얼룩말은 눈이 밝아 적을 빠르게 발견하고 도망칠 수 있었다. 이처럼 약한 동물 둘은 서로 힘을 모아 험난한 초원에서 살아남을 수 있었다.

"어서 일어나렴. 벌써 아침이란다."

아침잠에 취한 새끼들은 눈도 제대로 뜨지 못하고 연신 하품을 하며 기지개를 켰다.

"일단 이동부터 하고 사냥을 해야겠어."

사만다와 엄마 치타 가족은 한동안 함께 지냈다. 초보 엄마였던 엄마 치타는 사만다에게서 많은 것을 배웠다. 늘 혼자였던 새끼도 친구들과 사냥 놀이를 하며 즐겁게 놀았다. 엄마 치타의 얼굴에는 미소가 끊이지 않았다.

특히 요즘은 사냥 실패로 배를 곯는 일이 적어졌다. 젊고 빠른 엄마 치타와 노련한 사만다의 협동 사냥으

로 네 마리의 새끼들을 키우기에 충분한 먹이를 구할 수 있었기 때문이다.

며칠 전, 사만다는 전부터 하고 싶었던 이야기를 엄마 치타에게 꺼냈다.

"고마워."

"고맙다니요? 갑자기 무슨 말이에요?"

"늘 쉽지 않았어. 나는 처음 낳은 새끼 두 마리를 모두 잃었지. 그때는 어떻게 새끼를 키워야 할지 몰랐어."

사만다는 잠시 말을 끊고 아이들을 바라보았다.

"혼자서 아이를 키우는 건 참 힘든 일이야. 지난번 치치를 잃어버리고 얼마나 괴로웠는지 몰라. 하지만 네 덕분에 치치도 무사했고, 아이들도 잘 자라고 있어. 요즘처럼 좋았던 적이 없었어."

"저도 새끼 혼자 풀숲에 두고 사냥을 갈 때마다 늘 불안했어요. 이제 친구가 생겨서 저렇게 즐거워하니 저도 좋아요."

"예전에 혼자 사냥을 나갔을 때 암컷 사자 무리에게 잡힌 적이 있었어. 분명 나를 죽일 거라고 생각했는데 놓아주더라고."

"정말요? 사자들이 그럴 리가……."

엄마 치타는 믿지 못하겠다는 표정이었다.

"그때 암컷 사자 우두머리인 레아나가 말하는 걸 들었어. '왜 암컷 치타들은 혼자 다니는 거지?' 하고 말이야. 전에는 한 번도 생각해 본 적이 없었어. 치타가 무리를 짓는다는 것에 대해서는."

"무리 짓는 암컷 치타는 본 적이 없어요. 원래는……."

"그렇지. 우리는 원래 그래. 하지만 요즘은 우리도 무리 지으면 좋을 것 같다는 생각이 들어. 더 큰 사냥

감들도 잡을 수 있을 테고. 하이에나, 자칼 따위는 겁
내지 않을 수도 있을 거야. 어때?"

하지만 엄마 치타는 대답하지 못했다. 사만다 가족
과의 생활을 슬슬 끝낼까 생각하고 있었기 때문이었
다. 특별히 불만이 있는 건 아니었다. 그러나 모든 걸
혼자 결정할 수 있는 자유가 그리웠는지도 모른다.

"저는 잘 모르겠어요. 왠지 암컷 치타답지 않아요."

"맞아, 암컷 치타답지 않지. 그런데 왜 그렇게 정해
진 걸까? 혼자 살 만큼 강하지도 않으면서 말이야."

엄마 치타는 불편한 표정을 지었다. 평소 같으면 이
쯤 멈췄겠지만 오늘은 사만다도 그러고 싶지 않았다.

"아직 이름을 지을 준비는 안 됐어? 이름이 있으면
사냥할 때 훨씬 편한 텐데, 새끼두 이름이 있으면 부르
기 좋을 거고."

"그래요. 언니 말대로 새끼와 헤어졌을 때 추억을
남기려면 이름이 있으면 좋을 거 같아요."

사만다는 미소를 지으며 그다음 말을 기다렸다.

"음……. 자와디 어때요?"

"자와디, 느낌이 좋아. 그럼, 너는?"

“전 자와디 엄마면 충분해요.”
  엄마 치타의 말에 졌다는 듯 사만다는 웃음을 지어
보았다. 그때 치치가 달려왔다.
  “엄마, 배고파요.”
  “그래, 곧 먹이를 구해 올게.”
  “자와디 엄마, 가 볼까?”

"네, 사만다 언니."

둘은 함께 사냥에 나섰다. 오늘의 사냥감은 임팔라였다. 발이 빠른 자와디 엄마가 뒤를 쫓고, 사만다는 도망칠 임팔라를 기다리며 몸을 낮추고 숨었다. 달려오는 임팔라가 보인 순간, 사만다는 재빨리 튀어나와 앞다리를 걸어 넘어뜨렸다. 그리고 두 치타는 발버둥

치는 임팔라의 목을 물고 숨이 끊어지기를 기다렸다.

이제 많이 큰 네 치타 새끼들은 신나게 먹이를 먹었다. 그다음 자와디 엄마가 먹는 동안에는 사만다가 주변을 경계했다. 느긋한 식사, 그것은 함께하기에 맛볼 수 있는 선물이었다.

그런데 사만다가 식사를 마무리하던 중에 문제가 생겼다. 치루가 무리에서 떨어져 뽀로통한 표정으로 먼 곳을 바라보고 있었다. 사만다는 치루를 불렀다. 느릿느릿 사만다 앞에 선 치루는 불평을 쏟아냈다.

"엄마, 자와디 나빠요."

"왜? 무슨 일이니?"

"오늘은 제가 뒷다리를 먹는 날인데, 자와디가 또 뒷다리 하나를 통으로 먹어치웠어요."

자와디가 이 소리를 듣고는 발끈했다.

"야! 치루, 우리 엄마하고 사만다 아줌마가 같이 사냥하니까 반은 우리 거라고! 매일 내가 뒷다리를 먹는 것은 당연한 일이야."

순간 찬물을 끼얹은 듯 분위기가 얼어 버렸다. 사만다의 머릿속도 하얘졌다. 자와디의 말도 맞았기 때문이었다. 엄마 치타는 자와디를 데리고 자리를 피했지만 그 뒤로 어색한 분위기는 계속되었다.

사만다도 자와디 엄마도 그 일에 대해 먼저 말을 꺼낼 수 없었다. 한 번도 누가 가르쳐 주지 않은, 한 번도 경험해 보지 못한, 한 번도 고민해 본 적이 없는 일이었다. 그 뒤로 사냥감의 뒷다리를 먹을 때면 서로 눈치를 보았다. 전에는 서로 없어서 못 먹던 뒷다리가 식사 끝까지 남아 있곤 했다.

시간이 흘러 1월이 되자 세렝게티 초원에 먹을 풀들이 무성해졌다. 초식 동물들은 새 생명을 잉태하고 낳기 시작했다. 새끼들의 생존 확률을 높이기 위해 이 시기에 수만 마리의 새끼를 낳는 것이었다.

그러니 그들을 사냥하는 육식 동물들에게도 더할 나위 없이 풍요로운 시간이었다. 사만다와 자와디 가족도 많은 사냥감을 잡을 수 있었다. 새끼들이 커서 먹는 양이 많이 늘었지만 끼니를 걱정하지 않았다.

그러던 어느 날, 자와디 엄마가 불쑥 말을 꺼냈다.

"언니, 저는 이제 다른 곳으로 가 보려고요."

사만다는 놀랐지만 이내 마음을 추스르고 물었다.

"왜? 무슨 일이 있어?"

"이제 먹이도 충분하고, 새끼도 많이 컸잖아요. 아직 가 보지 못한 다른 곳에도 가 보려고요."

사만다는 아쉬운 마음이 가득했다. 하지만 표정을 보니 자와디 엄마의 마음은 이미 정해진 것 같았다.

"그래, 언젠가 다시 만나게 되겠지? 나는 예전에 말했던 서쪽 수목 지대로 가려고……. 새끼들 아빠도 거기서 만났거든. 새끼들도 거기서 낳았고. 새끼들에게 한 번 보여 주고 싶어."

"서쪽 수목 지대라……. 그래요, 언젠가 그곳을 지나다가 만날지도 모르겠네요."

"서쪽 수목 지대는 무엇보다도……, 아니다. 자와디 엄마 그리고 자와디. 잘 가."

"언니도 잘 지내요. 가자, 자와디."

"오늘 바로 간다고요? 엄마, 아아앙!"

우는 자와디와 함께 자와디 엄마는 그렇게 길을 떠났다. 몇 걸음을 가던 자와디 엄마가 갑자기 몸을 돌려 사만다에게 뛰어왔다. 그리고 무언가 이야기했다. 사

만다는 미소를 지으며 낮은 목소리로 속삭이듯 대답
했다. 사만다의 대답을 들은 자와디 엄마의 얼굴에는
놀라움이 가득했다가 곧 잔잔한 미소가 떠올랐다.

한동안 두 엄마는 말없이 서로의 눈을 바라보았다.
새끼들은 혹시 엄마들의 마음이 바뀔지도 모른다는
기대를 품고 그 모습을 바라보았다.

"사만다 언니, 지금부터 저를 웬지라고 불러 주세요."

"그래, 너와 어울리는 멋진 이름이다. 웬지!"

사만다는 웬지의 볼을 자기 볼로 비비며 인사했다.
그리고 웬지와 자와디는 곧 사라졌다.

"엄마, 이제 자와디는 못 만나는 거예요?"

"아니, 다시 만날 거야. 엄마는 그럴 것 같구나."

사만다 가족은 웬지 가족이 갔던 반대쪽으로 움직
였다. 치치와 자와디는 엄마를 따라 가면서도 계속해
서 뒤를 돌아보았다.

집요한 사냥꾼

웬지 가족과 헤어진 지 2주가 지났다. 세렝게티 초원의 육식 동물에게 1년에 한 번 찾아오는 축복의 시간도 점점 끝나 가고 있었다. 누를 비롯한 초식 동물들은 출산을 마치고 다른 장소로 이동할 채비를 하느라 분주했다. 많은 새끼들이 희생당했지만 덕분에 다른 새끼들은 살아남아 야생에 적응해 갔다.

사만다의 새끼 치타들도 부지런히 먹고 사냥 기술을 익히며 어엿한 6개월 치타로 성장했다. 사만다는 이제 혼자 사냥하지 않았다. 치루와 치치가 사냥감을 쫓으면, 숨어 있던 치킨이 도망치는 동물 앞에 갑자기 나타나 당황하게 만들었다. 동물이 방향을 바꾸어 도망치면 마지막으로 사만다가 폭발적인 힘과 스피드로 달려들어 목을 물었다. 웬지 가족이 떠났어도 한 번도 굶은 적은 없었다. 치루가 의기양양하게 말했다.

"엄마, 이제 굶지 않을 거 같아요. 자와디네가 없어도 이렇게 잘할 수 있는 걸 괜히 걱정했어요."

"맞아요. 웬지 아줌마도 지금쯤 우리 곁을 떠난 걸 후회할 거예요."

치킨이 말을 보태자 듣고 있던 치치가 발끈했다.

"언니들, 웬지 아줌마와 자와디는 우리 가족이었어. 그렇게 말하지 마."

"가족이 그렇게 떠나니? 웬지 아줌마는 사냥한 걸 똑같이 나누길 싫었던 거야! 우리가 입이 더 많으니까."

"아니야! 웬지 아줌마와 자와디가 그럴 리 없어."

가만히 듣고 있던 사만다가 입을 열었다.

"모두들 그만해. 지금 우리는 잘하고 있어. 하지만 배고픔이 다시 시작될 수 있지."

"왜요?"

"지금까지 우리는 무리의 어린 새끼를 노렸어. 하지만 그 새끼들은 이제 컸어. 초식 동물의 새끼는 한 달이면 어른만큼 뛸 수 있지. 오늘 먹은 누 새끼가 어쩌면 마지막일 수도 있다는 거야."

새끼들은 표정이 굳어졌다.

"배고픈 사자나 하이에나도 우리를 다시 노릴 거야. 잠자리를 정하는 것도 신경을 더 써야 해."

사만다의 이야기가 끝나자 치루가 말했다.

"엄마, 우리도 더 이상 새끼 치타가 아니에요. 6개월이 넘었잖아요. 사냥법도 익혔고요. 그 하이에나인지 뭔지가 나타나면 제가 꽉 물어 버릴게요."

그때였다. 수풀 속에서 검은 그림자가 움직였다.

크르르릉.

쇠를 긁는 듯한 소리가 들렸다. 꽤 가까운 곳이었다. 아니다. 바로 앞이었다. 사만다의 털이 곤두섰다.

'설마, 예전에 그 녀석?'

사만다는 아차 싶었다. 사만다 앞에 귀가 잘려 나간

수컷 하이에나 한 마리가 나타났다.

크으으으.

사만다는 흰 이빨을 내보이며 녀석을 노려보았다.

"하하, 이번에는 암컷 너 혼자 있었구나. 재미있군."

'지금 싸우는 건 무리야!'

사만다의 머릿속에 여러 생각이 떠올랐다. 하이에
나는 점점 새끼 치타들과 거리를 좁혀 가고 있었다.

"치루, 치킨, 치치, 엄마 말 잘 들어. 우리는 발이 빨라.
엄마가 시간을 벌 테니 너희는 약속한 곳으로 도망가."

새끼 치타 셋은 도망갈 준비를 하며 뒷걸음쳤다.

"어딜! 이번에는 절대 안 놓친다."

하이에나가 한 발짝 다가가자 사만다가 하이에나의
앞에 섰다. 하이에나도 선불리 더 움직이지는 못했다.
엄마 치타의 모성애를 누구보다 잘 알았기 때문이었
다. 새끼 치타들은 엄마의 모습에 힘을 얻어 약속한 곳
으로 뛰기 시작했다.

하이에나가 치루를 뒤쫓기 시작했다. 치루가 잡힐
뻔한 순간, 사만다가 가로막았다. 간발의 차였다. 사
만다는 하마터면 하이에나에게 등을 보일 뻔했다. 등

을 보이는 건 목을 잡히게 되는 무척 위험한 일이었다.

"정말, 멍청하군. 나에게 등을 보이다니!"

하이에나는 긴 송곳니를 보이며 위협했다. 사만다는 살짝 뒷걸음쳤다. 그렇게 몇 번이나 막고 뚫는 기세 싸움이 계속됐다. 새끼 치타들이 가기로 약속한 곳은 초원에서 보기 드문 늙은 나무 위였다. 치루, 치킨, 치치는 재빨리 나무 위로 올라갔다. 사만다는 이제 안심했다. 하이에나는 나무를 타지 못하기 때문이었다.

'시간은 우리 편이야.'

사만다는 나무를 등에 지고 하이에나를 노려보았

다. 하이에나는 글렀다는 듯 멀리서 입맛만 다셨다. 하지만 아쉬움이 남는지 그 자리에 웅크리고 앉았다.

"야! 하이에나, 여기 한 번 올라와 보시지?"

치치가 나무에 오르지 못하는 하이에나를 보며 웃었다. 사만다는 말리고 싶었지만 치치에게 목을 돌리는 순간 닥칠 일을 알기에 그러지 못했다.

"야! 이 바보 녀석아! 올라와 보시지. 우리는 가볍게 올라왔어. 내 집처럼 왔다 갔다도 할 수 있다고."

치킨도 말하며 나무 여기저기를 뛰어다녔다. 그때! 치킨이 밟은 나뭇가지가 부러졌다. 썩은 나뭇가지와 함께 치킨은 떨어지고 말았다.

"치킨 언니!"

치치가 나무 위에서 발을 동동거렸다.

"치킨!"

두 새끼 치타가 애타게 치킨을 불렀다. 사만다가 손쓸 틈도 없이 하이에나는 순식간에 달려들어 치킨의 목을 물었다. 순식간에 축 늘어진 치킨의 모습에 새끼들이 비명을 질렀다. 하이에나는 치킨을 입에 문 채 어디론가 사라져 버렸다. 사만다는 하이에나를 쫓지 않았다. 이 모습을 무표정한 얼굴로 보며 나무 근처를 끝까지 떠나지 않았다.

"엄마, 치킨 찾으러 가요."

치치와 치루가 외쳤지만 사만다는 움직이지 않았다.

"내려오지 마!"

사만다의 말은 단호하고 분명했다. 한참이 지나 하이에나가 완전히 사라지자 치루와 치치는 아래로 내려왔다. 둘은 아무 말도 할 수 없었다. 사만다의 눈 밑에 눈물 자국을 보았기 때문이었다. 수풀이 우거진 안전한 보금자리에 도착하자 치루와 치치는 울기 시작했다.

"엄마, 왜 치킨을 구하지 않은 거예요?"

치루의 말에도 사만다는 멍하니 있을 뿐이었다. 한참 뒤에서야 아주 짧게 말했다.

"너희라도 살리려면 어쩔 수 없었다."

사만다는 머리를 깊이 파묻고 자는 척을 했다.

언제나처럼 아름다운 붉은 태양이 서쪽 지평선 너머로 지고 있었다. 아프리카 세렝게티 초원의 긴 하루가 아무 일도 없었다는 듯이 다시 지나가고 있었다.

파이브 치타

시간은 흘렀다. 누구를 위해 멈추어 있거나 또 누구를 위해 빠르게 흐르지도 않고 날마다 변함없이 흘러갔다. 사만다 가족도 변함없이 사냥과 이동을 반복했다. 달라진 점이라면 둘째 치킨의 목소리를 들을 수 없는 것뿐이었다. 그러나 누구도 그 이야기를 꺼내지 않았다. 치킨이 원래부터 없었던 것처럼……

치킨이 떠난 지 한 달, 사만다 가족은 누 떼를 따라 옹고릉고로까지 내려왔다. 누 떼를 따라 산을 몇 개쯤

넘자 병풍 같은 높은 산으로 막혀 있는 넓은 초원이 나타났다. 한 편으로는 드넓은 호수가 펼쳐져 있었고, 홍학 떼가 분홍 띠를 두른 것처럼 그 호수에 늘어져 있었다. 사만다는 평생 보지 못한 몽환적인 풍경에 한동안 정신을 잃고 서 있었다.

누 떼가 이곳에서 길을 잃은 탓에 사만다 가족도 같은 곳을 며칠째 맴돌았지만, 곳곳에 누뿐만 아니라 가젤 등 초식 동물이 많아 배고플 걱정은 없었다. 두 마리 새끼들은 어느새 훌쩍 자라 사만다와 덩치가 비슷해졌다. 등에 보이던 회색 털은 희미해졌고, 다리가 길죽해져 제법 그 모습이 치타다웠다. 사냥도 함께하게 되어 사만다는 부담이 크게 줄었다.

오늘도 치루와 치치의 도움으로 가젤 한 마리를 쉽게 사냥했다. 가젤의 가죽을 벗기며 치치가 말했다.

"엄마랑 계속 같이 살면 좋겠다."

"맞아, 같이 살면 사냥도 쉽고, 심심하지도 않을 텐데……."

치루가 맞장구를 쳤다. 사만다는 신중하게 주변을 살피고 있었다. 식사하며 마음을 놓을 때가 가장 위험

한 법이었다.

"그런데 왜 가젤이나 누는 모여서 살아요? 어른인데도 다 같이 살잖아요."

"그들은 약하기 때문이야. 힘을 모아 위험에 대비하는 거지. 초식 동물은 대부분 그렇단다."

한참 말이 없던 치루가 조심스럽게 말을 꺼냈다.

"엄마, 우리는 강한가요?"

"우리는 강하지. 가젤이나 다른 동물을 사냥하잖니."

"그러면 하이에나는 우리보다 더 강해요?"

순간 사만다의 얼굴에 그림자가 드리워졌다.

"하이에나보다 강한 턱은 없지만, 우리에게는 훨씬 빠른 다리가 있단다. 각자의 장점이 있지. 우리는 그들을 힘으로 이길 수 없지만, 그들 또한 우리를 따라잡을 수 없어."

사만다는 잠시 뒤 조용히 가젤을 뜯어 먹었다. 먼저 식사를 마친 치루와 치치가 주변을 경계했다. 이제 두 새끼들은 사냥뿐만 아니라 생존에 필요한 많은 것들을 스스로 할 만큼 성장했다. 덕분에 사만다는 부담이 줄었지만, 이는 이별의 시간이 다가오고 있음을 뜻하는 것이기도 했다. 식사를 마친 사만다 가족은 잠시 그늘에 누웠다.

크으르르르.

어디선가 낮은 울음소리가 들려왔다. 급히 고개를 든 사만다의 눈에 수사자 두 마리가 걸어오는 것이 보였다. 자신의 영역을 순찰하는 사자들이었다. 아직 멀리 있었지만 사만다 쪽을 향하고 있었다.

"어서 일어나."

다급한 목소리에 새끼들도 몸을 일으켰다. 사자가 단 한 마리라 해도 승패는 뻔했다.

사자들도 사만다 가족을 알아챘다. 욕심쟁이 사자들은 자기 영역의 아주 작은 귀퉁이조차 경쟁자에게 허락하지 않았다. 사만다 가족은 재빨리 자리를 떠나 겨우 위험을 피했다. 아니 그때까지만 해도 그런 줄 알았다.

"엄마……. 엄마, 저기요……."

두려움에 찬 치루의 목소리에 사만다는 고개를 돌렸다. 수풀 속에 다섯 마리 수컷 치타들이 서 있었다.

암컷 치타는 어미에게서 독립한 다음 혼자 살아가는 반면, 수컷 치타는 형제를 중심으로 무리 지어 생활했다. 사만다 앞에 나타난 치타들은 친형제들로, '파이브 치타'라고 불리며 옹고롱고로 지역을 호령하고 있었다. 나무에 오줌을 싸며 영역을 표시하고 있던 파이브 치타는 사만다의 가족을 발견하자 순식간에 달려와 둥글게 에워쌌다.

급하게 도망치느라 미처 주위를 살피지 못했던 사만다의 실수였다.

'우리를 그저 쫓아내기만 한다면 좋을 텐데. 이를 어쩐다?'

같은 치타라고 해도 봐주는 일은 없었다. 수컷 영역에 들어왔으니 쫓겨나는 것은 당연했다. 아니, 쫓겨나기만 한다면 오히려 다행이었다. 파이브 치타의 대장 칸타가 끈적한 표정을 지으며 사만다에게 성큼성큼 다가왔다.

"제발 우릴 보내 줘요."

사만다가 애원하듯 말했다.

그러자 칸타는 음흉한 미소를 지었다.

"보내 달라니? 너희가 스스로 들어온 것 아닌가?"

"사자를 피하다가 실수로 들어온 거예요. 그러니 보내 줘요."

"그건 안 되지. 흐흐."

칸타는 사만다에게 다가와서 추근거리기 시작했다. 지금 칸타의 관심은 온통 짝짓기뿐이었다. 사만다는 이를 드러내며 하악질을 했다.

"크으으으, 저리 가! 다가오면 가만히 있지 않겠어."

사만다가 강하게 저항하자 칸타가 한발 뒤로 물러섰다. 칸타 다음 서열인 칸토가 이를 눈치채고 칸타를 띄우기 시작했다.

"이 지역의 최강자, 파이브 치타의 리더, 순수한 혈통, 번개보다 빠른 칸타 형님이 당신이 마음에 든다고 하는 건 아주 큰 행운이라고……."

칸타는 오글거리는 말이 듣기 싫지 않은지 손짓으로는 하지 말라면서도 흡족한 미소를 보였다. 호시탐탐 높을 서열에 올라갈 기회를 노리던 막내 쿤트라까지 말을 보탰다.

"이제 새끼들도 다 큰 거 같은데, 보내 주고 우리 형

님하고 좋은 시간 보내는 게 어때?"

칸타는 계속해서 사만다와 눈을 마주치며 몸을 비벼대려 했다.

"크아앙! 마지막 경고야. 우릴 보내 줘."

생각보다 더 거친 사만다의 저항에 수컷들은 잠시 뒤로 물러났다. 하지만 여전히 사만다의 가족을 둘러싸고 있었다. 그러다 사만다는 다섯 마리 수컷 중 하나와 눈이 마주쳤다.

"아!"

사만다는 천천히 그 수컷을 살펴보았다. 익숙한 냄새와 모습……. 바로 치치와 치루의 아빠였다. 수컷도 이내 사만다를 알아보았다.

그 수컷은 눈짓으로 새끼들을 가리켰다.

'새끼들이 설마?'

사만다도 조심스레 고개를 끄덕였다.

그 순간 칸타가 그 수컷을 향해 이를 드러냈다.

"뭉키, 네 이 녀석……."

사만다를 바라보는 게 자기와 경쟁하려는 것이라고 생각했는지 살벌한 눈빛으로 으르렁거렸다. 뭉키는 무리의 우두머리에게 저항할 수 없었다. 뭉키가 고개를 숙이고 멀찌감치 떨어지자 칸타는 다시 사만다의 주위를 맴돌았다. 치치와 치루가 이를 드러냈지만 사만다는 말려야 했다. 잘못하면 더 큰 화를 당할 수 있기 때문이었다. 그때였다.

쿵쿵쿵.

하늘이 흔들리며 땅이 갈라지는 듯한 소리가 점점 가까워졌다. 이 지역에서 가장 큰 코끼리 무리인 느와니가 지나가는 소리였다. 맨 앞에 리더 느와니가 긴 귀를 앞뒤로 흔들며 천천히 걸어갔다. 치타 무리의 소란이 거슬렸겠지만 세상일은 다 알아 귀찮다는 듯 모른 척하며 지나갔다.

그 뒤로 젊은 코끼리 십여 마리가 따랐다. 갓 태어난 새끼들도 중간중간 끼어 있었는데, 다른 동물들의 모습이 신기한 듯 사만다와 파이브 치타에서 눈을 떼지 못했다. 어미들은 그런 새끼 코끼리의 엉덩이를 발로 차며 발걸음을 재촉했다.

잠시 뒤 무리에 마지막으로 따라오던 나이 많은 수

컷 코끼리가 걸음을 멈추고는 말했다.

"쿤니의 자손, 우당카의 자손, 무니치의 자손, 루카스의 자손, 그리고 투타누의 자손 칸타로군."

파이브 치타의 대장 칸타는 또 시작이라는 듯 고개를 돌리고 눈을 피했다. 수명이 사람만큼 긴 코끼리는 몇 세대에 걸친 치타와 초원의 이야기를 모두 알고 있었다. 그래서 초원의 현자라고 불렸다.

"자네 족속들도 초원에서 지켜야 할 규칙이 있을 텐데……. 오늘 그게 잘 안 되고 있군."

칸타는 몸을 아예 돌리고 있었다.

"쯧쯧! 요즘은 옛날을 기억하는 늙은이의 말을 들으려고 하는 젊은이가 없지."

늙은 수컷 코끼리는 멀어진 무리를 바라보고는 다시 걸음을 옮겼다.

"뭐? 초원의 현자? 웃기시네. 남의 족속 일에 무슨 관심이 저렇게 많은지?"

칸타는 코끼리가 들을까 작은 소리로 말했다. 사만다와 마주해 버틴 지 꽤 시간이 지나자 칸타도 지쳤는지 자리에 앉았다. 긴장을 풀지 못하는 사만다와 새끼들은 등을 맞대고 앉았다.

그때 갑자기 비가 쏟아지기 시작했다. 한바탕 퍼붓는 비에 수컷 치타들의 경계가 느슨해지더니 그대로 앉아 꾸벅꾸벅 졸기 시작했다.

그 틈에 사만다는 새끼들을 데리고 탈출했다. 무사히 빠져나가려 할 때였다. 수컷 한 마리가 눈치를 채고 와서 사만다 앞을 가로막았다. 그 치타를 보는 사만다의 눈에 원망이 어렸다.

"어떻게 당신이 나한테 이럴 수가 있어요?"

치치와 치루의 아빠 뭉키였다. 그는 낮은 목소리로 말했다.

"조용! 어서 빠져나가요. 여기는 미로로 되어 있어서 한 번 들어온 동물은 쉽게 빠져나가지 못해요. 네발 달린 인간만이 밖으로 나가는 길을 정확히 알아요. 이 자국을 따라가요."

뭉키는 지프차의 바퀴 자국을 눈으로 가리켰다.

"고마워요."

"아이들이 많이 컸네. 고생이 많았겠어요."

"당신……."

사만다는 더는 말할 수 없었다. 눈물이 가득 고여 한 방울씩 흘러내렸다. 하지만 이러고 있을 때가 아니었다. 새끼들을 데리고 한참을 멀어지던 사만다가 뒤를 보았다. 내리는 빗속에 치타 한 마리가 그대로 서 있었다. 사만다 가족의 모습이 보이지 않을 때까지 뭉키는 그렇게 서 있었다.

"미안해요, 사만다. 그리고 내 새끼들아."

잠시 뒤 잠에서 깬 대장 칸타가 사만다를 찾으며 달리기 시작했다. 하지만 비가 쏟아진 탓에 사만다의 냄새는 남아 있지 않았다. 칸타는 그제야 사만다가 한참 멀어진 것을 깨닫고는 입맛을 다셨다.

치치와 치루는 사만다에게 묻고 싶은 것이 많았다. 하지만 입을 열지 않았디. 탈출을 도와준 수컷 뭉키가 자신들의 아빠라는 걸 알게 된 것은 꽤 오랜 시간이 지난 뒤였다.

헤어질 시간

파이브 치타와의 일이 있은 지 벌써 두어 달이 지났다. 치루와 치치는 자신들을 도와준 수컷 치타가 몹시 궁금했다. 하지만 그 이야기를 꺼냈을 때 사만다의 목소리가 떨리는 것을 안 다음으로는 더 묻지 않았다.

이처럼 엄마의 속마음을 헤아릴 만큼 두 치타는 훌쩍 자라 있었다. 태어난 지 벌써 아홉 달이 꽉 찼다. 날렵한 몸매, 선명한 눈물샘, 뚜렷해진 검정 무늬는 녀석들이 초원의 사냥꾼인 젊은 치타임을 분명히 알게 해

주었다.

"치치, 잡아!"

치치의 몸이 마치 화살처럼 앞으로 날아갔다. 수풀 속에 숨어 있던 치루는 임팔라가 달려오자 앞발로 다리를 걸었다. 순식간에 중심을 잃은 임팔라는 달리던 속도를 이기지 못하고 땅바닥에 내동댕이쳐졌다.

"녀석들, 많이 늘었군."

사만다의 목소리에 왠지 힘이 없었다. 새끼들이 성숙해질수록 사만다는 늙어 갔다. 얼마 전 임팔라를 사냥하다 다친 뒷발은 아직도 회복되지 않았다. 예전에는 며칠 푹 쉬면 괜찮았던 부상들이 이제는 꽤 오래가기 시작했다.

치치는 바닥에 나동그라진 임팔라의 목을 향해 달려들었다. 치타는 사자나 하이에나처럼 턱이 강하지 못해 단번에 사냥감의 목숨을 끊을 수는 없었다. 목을 오래 누르고 있어야 해서 방심하면 사냥감이 도망가는 일도 있었다. 이번에도 숨을 고르던 임팔라가 순간적으로 큰 몸을 일으켰다.

그러자 사만다가 번개처럼 달려들어 임팔라의 앞쪽

목을 힘껏 물었다. 일어서려던 임팔라는 결국 중심을 잃고 털썩 쓰러졌다. 치치, 치루까지 힘을 합쳐 목의 앞부분과 뒷부분을 물고 늘어졌다. 임팔라는 숨이 멎어 축 늘어졌다. 치치와 치루가 가쁜 숨을 고르며 사만다를 바라보았다.

"엄마, 다리 괜찮아요?"

사만다는 잠시 당황한 듯 보였지만 곧바로 새끼들을 재촉했다.

"서둘러. 어서 저쪽으로 가자."

치타의 사냥은 잡는 것보다 사냥감을 온전히 차지하는 것이 더 힘들었다. 남이 잡은 걸 마치 제 것인 양 생각하는 하이에나와 다른 포식자들의 눈을 피해 서둘러 움직여야 했다. 안전한 곳에 자리를 잡자 치치가 재빨리 임팔라의 껍질을 벗겼다. 몇 개월 전만 해도 사만다가 하던 일들을 이제 두 새끼들이 능숙하게 해냈다.

"엄마, 먹어요."

치치와 치루는 먼저 먹지 않고 사만다를 기다렸다. 주변을 경계하던 사만다가 몸을 일으켜 다가왔다. 아까 무리해서일까? 다친 오른쪽 뒷다리가 심하게 아프고 저렸다. 사만다는 몇 걸음 걷다가 주저앉았다.

엄마가 걷지 못하자 치치와 치루는 임팔라를 사만다 앞까지 물고 갔다. 제법 무거웠지만 둘이 힘을 합쳐 끌고 갔다. 가족은 곧바로 식사를 시작했다. 하지만 얼마 지나지 않아 초대받지 않은 손님이 나타나고 말았다.

꾸우꾸우 크르르르.

쇠가 갈리는 듯한 기분 나쁜 소리였다. 순간 사만다 등에 털이 곤두섰다.

'하이에나! 그때 그 녀석이야.'

치킨을 죽인 그 녀석인 게 틀림없었다. 사만다는 속이 타기 시작했다.

"잘 들어. 하이에나들이 가까이 있어."

"하이에나요?"

치치가 물었다.

"혹시, 치킨 언니를 해친 녀석일까요?"

사만다는 아무 말도 하지 않았다. 지금은 빨리 여기를 떠나야만 했다.

"가자, 얘들아!"

"엄마, 이제 우리는 새끼가 아니에요. 힘을 합치면 그깟 하이에나 한 마리 정도는 상대할 수 있다고요!"

"맞아요, 언제까지 도망치기만 할 수는 없어요. 더욱이 치킨을 해친 녀석이라면 용서할 수 없어요."

치루의 눈이 이글이글 분노로 타올랐다.

하지만 사만다는 단호한 표정을 지었다.

"아니야, 가야 해. 이건 하이에나의 콜링 사인이야."

"하이에나의 콜링 사인이요?"

"그래, 예전에 딱 한 번 들은 적이 있어. 그들이 레아나의 무리와 맞설 때였지."

"하지만 엄마, 여기에 사자 무리는 없잖아요."

"그래서 가야 해. 사자와 맞서는 것도 아닌데 무리를 모으고 있어. 우리를 노리는 게 틀림없어."

하이에나의 콜링 사인은 어느새 더 가까워져 있었다. 얼마 뒤 그 콜링 사인에 응답하듯 다른 하이에나의 소리도 들리기 시작했다. 적어도 세 마리 넘게 서로에게 신호를 보내고 있었다.

초원에 하이에나 세 마리가 모여들었다. 이들은 삼

형제로, 필요하면 무리를 이루기도 하고 따로 생활하기도 했다. 삼 형제는 초원 끝으로 달아나는 사만다 가족을 보았다. 그리고 신선한 피 냄새를 맡았다. 근처에 먹다 만 먹이가 있는 게 분명했다.

잠시 뒤 버려진 임팔라 사체 앞에 하이에나 삼 형제인 샤카, 샤키, 샤쿠가 나타났다. 누가 먼저랄 것도 없이 서로 밀쳐대며 임팔라를 물어뜯었다. 어느 정도 배가 차서야 제일 큰형 샤카가 말했다.

"야! 너희는 오랜만에 만난 형님한테 인사도 안 하나?"

"인사하는 동안 형이 조금이라도 더 먹으려는 거잖아? 모를 줄 알고?"

샤키는 고개를 처박고 고기를 뜯으며 대답했다.

"크르르르르르. 이 자식이 정말!"

샤카는 눈을 부릅뜨고 이빨을 보였다.

"아니, 두 형님들 오랜만에 만나서 또 이러기야. 먹을 걸 앞에 두고 또 싸우네. 이제 식은 고기 먹는 것도 지쳤어."

막내 샤쿠가 말했다.

"야! 샤쿠, 요즘에 사냥이 쉽냐? 그나마 치타 녀석들이 사냥한 게 있어 다행이지. 그냥 먹으라고."

"그러니까 샤키 형. 저 치타 녀석들을 사냥하자, 응?"

막내 샤쿠가 답답한 듯 말을 이었다.

샤카가 샤쿠의 말을 듣고 비웃으며 말했다.

"야! 샤쿠, 세상 물정을 모르는구나. 치타라는 녀석이 얼마나 빠른 줄은 알고 하는 소리야?"

"지난번 새끼 치타를 잡은 건 운이 좋았던 거야. 저 정도 큰 녀석은 따라잡을 수가 없다고."

샤키도 큰형 샤카의 말에 맞장구쳤다.

"누가 달리는 치타를 잡자고 했어? 말을 끝까지 들으라고, 이 답답한 형님들아."

막내가 성을 내자 두 형이 동시에 고개를 돌렸다.

"무슨 소리야? 알아듣게 말해."

"저기 지평선을 봐. 셋 중 한 마리가 다리를 다친 게 분명해. 그렇지 않고서야 치타 녀석들이 저렇게 천천히 이동할 리 없잖아."

그러고 보니 사만다 가족이 지평선

밖으로 벗어나는 걸음이 평소보다 훨씬 느렸다.

"샤카 형, 막내 말이 맞는 거 같은데? 우리 저놈들 따라가 보자. 어차피 우리도 이동해야 하잖아. 흐흐."

"음, 그럴까? 어차피 여기는 먹을 것도 없으니……. 치타는 초식 동물과는 다른 맛이 있어."

사만다 가족은 저무는 해를 보며 몸을 숨길 장소를 찾았다. 사만다는 본능적으로 잠자리를 더 신중하게 고르고 있었다.

"엄마, 도대체 어디까지 가요? 너무 힘든데 이쯤에서 자면 안 돼요?"

치치의 볼멘소리에도 사만다는 고개를 저었다.

"여기는 안 돼. 수풀이 더 우거진 곳이어야 해."

"엄마, 우리도 다 커서 사자나 표범이 아니면 딱히 무섭지 않다고요. 얼른 도망치면 되잖아요. 피곤하니까 여기서 그냥 자요."

치루도 치치의 말을 거들었다. 그때였다.

꾸우꾸우 크크쿠쿠.

사만다 가족 뒤에서 또 소리가 들려왔다. 털이 다 곤

두설 정도의 기분 나쁜 소리였다.

"엄마, 이것도 하이에나의 콜링 사인인가요?"

"아니야. 이건 평소와 다른데? 처음 듣는 소리야."

사만다는 걱정스러운 듯 두 딸을 쳐다보았다.

꾸우꾸우 크크쿠쿠.

"이건……. 단순한 신호가 아니야. 우리를 향한 추격 신호다."

사만다는 결정을 내려야 했다. 며칠 전 다친 다리는 점점 더 말을 듣지 않았다. 그렇게 두 딸에게 짐이 될 수는 없었다. 아니, 두 딸을 위험에 빠뜨리게 될 것이 분명했다.

"엄마 이야기 잘 들어. 엄마는 너희와 함께라서 정말 행복했어. 예상보다 조금 빠르긴 하지만 너희와 헤어질 때가 된 거 같아. 할머니가 그랬던 것처럼 엄마도 그럴 수밖에 없어. 이제 각자 갈 길을……."

사만다는 말을 이을 수 없었다.

'아! 그래서 엄마가 나를 떠난 거였구나.'

사만다는 무엇인가 떠올랐다. 사만다도 엄마와 헤

어질 때 이런 이야기를 들었다. 매정하다고 느꼈던 엄마에게 이런 사정이 있었던 것이었다. 평생 엄마를 원망했던 사만다는 목이 메었다.

"엄마, 우린 절대 엄마랑 헤어지지 않을 거예요. 저희 다 알아요. 다친 다리 때문에 그런 거잖아요."

속이 깊은 치루가 말했다. 치치도 이제 모든 걸 안다는 듯 사만다의 몸에 자신의 머리를 비벼댔다.

꾸우꾸우 크크쿠쿠.

하이에나의 소리는 점점 더 가까이 다가오고 있었다. 하이에나는 밤에 더 많은 것을 볼 수 있었고, 추격도 잘할 수 있었다. 사만다는 눈을 질끈 감았다. 그러다 눈을 번쩍 다시 뜨고 말했다.

"어쩌면 우리가 헤어지지 않아도 될지 몰라. 어쩌면 말이지……."

예상치도 못했던 사만다의 말에 치치와 치루는 깜짝 놀랐다.

약속의 땅으로

"언니, 언제까지 가야 해? 너무 배고프고 힘들어."

"쉬지 말고 가라고 엄마가 그랬잖아."

"물도 못 먹고 하루 종일 이동만 했잖아. 발바닥이 아파서 더는 못 걷겠어."

"조금만 더 가서 쉬자, 조금만. 그림자가 길어지기 시작했으니 곧 어두워질 거야. 밤이 되면 쉴 수 있어."

치루는 다정한 목소리로 치치를 달랬다.

하이에나의 추격을 피해 엄마와 헤어진 치타 둘은

먹지도, 쉬지도 않고 온 힘을 다해 이동했다.

지난 밤 자기를 두고 먼저 가라고 하는 사만다에게 둘은 이렇게 말했다.

"어떻게 우리만 가요, 엄마. 힘을 합쳐 싸워요. 이제 우리도 많이 컸잖아요."

"싸움이 일어나면 누군가는 크게 다칠 수 있어. 피하는 게 우리에게 훨씬 좋아. 엄마는 너희들이 할 수 없는 기술이 많아. 너희들이 이곳을 벗어나면 엄마가 숨어서 저들을 따돌릴 거야."

걱정하는 새끼들에게 사만다가 계속 말했다.

"예전에 엄마가 말했던 너희들의 고향 기억나니?"

"네, 서쪽 수목 지대요."

"단지 고향이라서 자주 이야기했던 게 아니야. 사자나 하이에나의 위협을 자주 받는 치타에게는 그만한 곳이 없지."

"알겠어요. 엄마도 꼭 올 거죠?"

"그래, 모두 그곳으로 가는 거야. 그 전에 엄마가 여기서 시간을 벌어야 해. 너희들은 이틀 동안 쉬지 말고 빠르게 그곳으로 가. 거기는 바위와 굴, 높은 풀이 많이 있으니까 흔적을 잘 숨길 수 있어."

사만다는 말을 계속 이어 갔다.

"그림자를 보고 이동하면 돼. 아침에 해가 뜨면 그림자가 지는 쪽을 따라가. 한낮이 지나면 너희 그림자 반대쪽을 따라가면 된단다. 그림자가 길어지기 시작하면 곧 밤이 될 거야. 그때는 안전한 잠자리를 찾으렴. 하이에나 말고도 우리를 노리는 동물들은 많아."

하고 싶은 말이 산더미 같았지만 서둘러야 했다.

새끼들을 먼저 보낸 사만다는 한동안 제자리에 앉아 있었다. 다리에 상처가 꽤 심각했기 때문이었다. 얼마 지나서야 겨우 몸을 일으킨 사만다는 빠른 걸음으로 이동했다.

'하이에나들을 어떻게 해서든 따돌려야 하는데.'

사만다는 흔적을 남기지 않으려고 최선을 다했다. 잠시 쉴 때도 앉거나 눕지 않았다. 풀잎에 스친 냄새만으로도 저들에게는 추적의 실마리가 될 것이었다.

해가 지고 얼마쯤 지났을까, 멀리서 사자들의 포효 소리가 들렸다. 자기들 구역에 아무도 들어오지 말라는 무서운 경고였다.

누구도 감히 침범할 수 없는 그들의 왕국 앞에 사만다가 서 있었다. 순간 사만다의 눈이 반짝 빛났다.

'저곳으로 가야겠어.'

사자 무리의 영역으로 들어가겠다니, 그건 스스로 죽으러 가겠다는 말과 같았다.

"샤키 형, 여기가 맞아?"

막내 샤쿠가 둘째 샤키에게 물었다.

"야! 나를 무시하는 거냐?"

샤키가 발끈했다.

"이쪽으로 계속 가면 사자들이 나올 것 같은데? 사자들 울음소리가 들리잖아."

"야! 샤쿠, 냄새가 이쪽에서 나잖아. 냄새가!"

"형이 어제 기침도 좀 하고, 좀 전에 토피 사냥도 실패했으니까……."

"캬오, 이 녀석이!"

막내 샤쿠의 말에 기분 상한 샤키가 답답한 듯 고개를 흔들어 보였다. 하이에나들은 발이 너무 느려 사냥

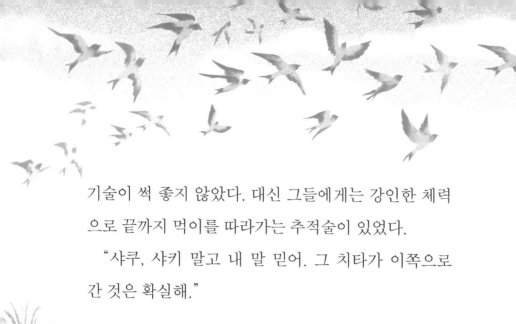

기술이 썩 좋지 않았다. 대신 그들에게는 강인한 체력으로 끝까지 먹이를 따라가는 추적술이 있었다.

"샤쿠, 샤키 말고 내 말 믿어. 그 치타가 이쪽으로 간 것은 확실해."

샤카가 큰소리쳤다.

"샤카 형, 하지만 이쪽으로 가면 사자들이랑 마주치게 될걸. 어쩌려고 그래?"

"야! 수컷 사자 한두 마리쯤은 내가 상대할게."

큰형 샤카가 대수롭지 않다는 듯 거들먹거렸다.

물론 샤키도 이상하다고 생각하고는 있었다. 하지만 분명 사만다의 흔적이 이쪽을 향하고 있었다.

사만다가 발걸음을 늦추었다. 조금씩 사자의 냄새가 느껴졌다. 사자들은 사냥할 때를 제외하고는 자신들의 냄새를 숨기지 않았다. 사자의 체취, 바로 그것이 다른 동물들에게 강력한 경고였기 때문이다. 냄새가 강해질수록 사만다의 신경이 곤두섰다.

새끼들의 잠자리를 준비하던 암컷 사자의 리더 레아나가 갑자기 주변을 두리번거렸다.

"여보, 누가 이곳에 들어온 것 같아요. 어서 내쫓아 버려요."

"응? 누구? 나는 안 들리는데?"

막 잠이 들려 했던 수컷 사자가 귀찮은 듯 말했다.

"발걸음 소리가 치타 같은데……. 얼른 일어나지 못해요?"

레아나의 목소리가 높아지자 수사자는 투덜대며 몸을 일으켰다.

사실 무리에서 수컷 사자는 밀림의 왕이라 불리는 것처럼 멋진 게 아니었다. 무리의 영역을 지키고, 외부의 적을 쫓아내는 대가로 암사자에게 먹이를 받는 것이 전부였다. 육아와 사냥을 도맡는 암컷 사자들에 비하면 수컷이 하는 일은 매우 적었다.

"크앙. 아이, 귀찮아. 크앙!"

수컷 사자는 순간 귀를 세우더니 사납게 달려갔다. 저 멀리 사만다가 눈에 들어왔다.

"겨우 치타 한 마리야? 소리만 들려도 꽁지 빠지게 도망갈 테니 겁이나 한바탕 줘야겠다."

사만다가 노린 게 바로 그것이었다. 사만다는 도망치는 척하면서 멀리 돌아서 수컷 사자의 뒤쪽으로 갔다. 사만다를 쫓는 하이에나 무리와 사만다 사이에 수컷 사자가 들어오게 하기 위해서였다.

사자들의 무리 뒤쪽으로 멀어지는 사만다를 암컷 사자들이 경계하고 있었다. 몇몇 젊은 암컷 사자들이 일어나자 리더 레아나가 차분하게 말했다.

"내버려 두어라. 그냥 지나가는 것 같구나."

그때 수컷 사자의 포효가 들려왔다. 아까와는 다른 사나운 포효였다. 그 속에는 상대를 죽이겠다는 의지가 강하게 담겨 있었다.

레아나가 벌떡 일어났다.

"하이에나다. 하이에나들이 나타났어!"

하이에나들은 절대 사자를 이길 수 없었다. 하지만 무리로 덤비는 하이에나의 습성 때문에 사자들에게도 하이에나는 꽤 까다롭고 어려운 상대였다.

사자와 세 하이에나 사이에 긴장감이 맴돌았다. 하지만 암컷 사자 몇 마리가 더 오자 팽팽한 균형은 완전히 무너졌다. 점점 늘어나는 사자들을 마주한 샤카 삼 형제에게 두려움이 몰려왔다. 샤쿠가 형들을 보며 속삭였다.

"이것 봐 형. 내가 말했잖아. 한두 마리가 아니야."

"야! 어차피 한 마리라도 우린 못 이겨."

"그럼 어떻게 해?"

"어떻게 하긴, 도망가야지. 물러서면 따라오진 않을 거야."

하지만 바람과 다르게 사자들은 그들을 멀리까지 쫓아왔다. 하이에나들의 집요함

을 아는 사자들은 이번 기회에 그들을 멀리 몰아내려
했다. 하이에나들이 한참을 쫓겨나 얕은 개천 너머로
물러나자 사자들은 돌아갔다.

혼란을 틈타 사만다는 사자들의 뒤편으로 멀리 이
동했다. 사자들이 보이지 않자 마음을 잠시 놓았다. 하
지만 다리의 상처가 더욱 아파 왔다.

당분간 하이에나들은 사만다를 따라오기 힘들게 되
었다. 목숨을 건 도박이 성공한 것이었다. 사만다는 다
시 서쪽 땅으로 발걸음을 옮겼다. 문득문득 아이들 걱
정은 밀려왔지만 사만다는 믿고 있었다.

두 새끼가 마음먹고 도망친다면 같은 치타가 아닌
다음에야 그들을 잡을 수 있는 동물은 없다는 것을. 사
만다는 그렇게 스스로 위로하며 서쪽 수목 지대, 약속
의 땅으로 향했다.

여왕의 등장

하핫하.

하핫하핫하힛.

하핫하핫하핫하앗.

하이에나 삼 형제의 거친 숨소리가 초원 구석구석에 울려 퍼졌다. 사자들에게서 꽁지가 빠지게 도망치느라 삼 형제의 털은 전부 뒤엉켰다. 얼굴과 다리 곳곳에는 도깨비바늘과 가시가 박혀 있었다. 마치 커다란 털실 뭉치에 뜨개질바늘이 여러 개 꽂혀 있는 듯 우스

꽝스러웠다.

"지독한 녀석들. 이렇게 끝까지 쫓아올지 몰랐어."

첫째 샤카가 헐떡이며 말했다.

"푸하하하!"

샤카의 얼굴을 본 샤키, 샤쿠가 크게 웃었다.

"사자를 상대하겠다면서 제일 빨리 도망가는 건 뭐야! 지금 형 얼굴이 얼마나 웃긴지 알기나 해? 아주 고슴도치가 되셨구먼."

둘째 샤키가 비아냥거렸다.

"뭐, 어쩌고 어째? 제일 먼저 도망친 게 누군데?"

그 말에 샤카도 화가 치밀어 올랐다.

"둘 다 그만해! 저기 가젤 새끼도 우리를 비웃잖아. 진짜 창피해."

막내 샤쿠의 말에 형 하이에나들이 정색하고 주변을 두리번거렸다.

"하여간 그 치타 녀석 절대 가만두지 않을 거야. 우리를 이렇게 고생시키다니……."

"아무래도 안 되겠어. 이제 그만 포기하자. 다른 동물을 노리자고."

샤키가 말했다.

"맞아. 이러다가 소문이 나서 초원에 얼굴도 못 들고 다니겠어. 말키아 대장이 알면 뭐라고 하겠어?"

막내 샤쿠도 말했다.

"안 돼! 이렇게 된 이상 무슨 수를 써서라도 그 치타 녀석을 죽여야 한다고!"

"샤카 형! 혹시……."

"그래, 우린 지금 말키아의 힘과 지혜가 필요해."

그러자 나머지 형제들은 손사래를 쳤다.

"형! 형이 지금까지 한 게 있는데 말키아 대장이 와 줄 것 같아?"

사실 말키아는 샤카의 아내였다. 하이에나는 암컷이 수컷보다 몸집이 커서 무리에서 대장 역할을 했다. 샤카는 그게 싫어서 무리에서 뛰쳐나왔다. 그렇게 샤카가 말키아를 피해 다닌 지 벌써 여섯 달째였다.

"여기 오는 동안 말키아의 냄새를 맡았어. 그리 멀지 않은 곳에 있는 게 틀림없어. 미안하다고 싹싹 빌면 한 번은 용서해 줄 거야."

"형은 정말 뻔뻔하다. 말키아가 대장을 하는 게 싫다고 나올 때는 언제고……."

막내 샤쿠의 말이 끝나기 무섭게 샤카가 샤쿠의 목을 물었다. 샤쿠는 앞발로 바닥을 긁으며 말했다.

"켁켁케케……. 형, 내가…… 잘…… 못했……."

보다 못한 둘째 샤키가 소리쳤다.

"지금 우리끼리 이럴 때야?"

그러자 샤카가 입에 힘을 뺐다.

"저 치타 녀석이 사라지기 전에 빨리 말키아를 찾아야 해. 더 늦었다가는 복수고 뭐고 평생 초원의 바보라고 놀림을 받을 거라고!"

"그럼 어떻게 해야 해?"

"어떻게 하긴 뭘 어떻게 해? 우리가 여기에 있다는 걸 알려야지."

쿠우쿠우 크르르르크.

녹슨 쇠를 긁는 듯한 하이에나의 콜링 사인이 초원 곳곳에 울려 퍼졌다.

얼마 뒤 반대편에서 다른 하이에나의 콜링 사인이

더 크게 들려왔다. 어찌나 으스스한지 주변의 새들도 귀를 틀어막고 자리를 피할 정도였다.

크크울 크르르룽크.

곧 삼 형제 앞에 몸집이 두 배나 되는 거대한 암컷 하이에나가 나타났다. 초원의 하이에나들을 이끄는 여왕 말키아였다. 말키아는 덩치만 큰 게 아니었다. 넓은 귀와 다부진 몸, 날카로운 눈매까지, 말키아는 누가 봐도 여왕다웠다.

"여보. 정말 오랜만이야. 보고 싶었어!"

샤카는 비굴한 웃음을 지으며 말키아의 항문낭 냄새를 맡으러 다가갔다. 그러자 말키아가 샤카의 귀를 물었다.

"그동안 연락 한 번 안 하다가 치티한테 당하고 나니 아쉬운 생각이 들었나 보지?"

말키아의 차가운 말에 샤카는 고개를 푹 숙였다.

"말키아 대장, 좀 들어봐. 꽤 큰 건수가 있다고."

둘째 샤키의 의기양양한 말에 말키아가 물었다.

"얼마나 큰 건인데? 치타 한 마리라면 관심 없어."

"한 마리가 아니라고, 한 번에 치타 세 마리! 어때,

꽤 근사하지 않아?"

막내 샤쿠가 말했다.

"세 마리? 확실한 거야?"

말키아가 못 믿겠다는 듯한 눈초리로 물었다.

"다리를 다친 어미 하나에 새끼 치타 두 마리. 확실해. 확실하니까 자기를 부른 거 아니야."

"흠……. 당신 같은 욕심쟁이가 나까지 부른 거 보

면 큰 건일 거라고 생각은 했어.”

말키아의 말에 샤카는 안심한 듯 말을 이어 나갔다.

“좀 피곤하니 눈 좀 붙이고 날 밝으면 출발하자고.”

샤카가 말에 말키아는 고개를 크게 저었다.

“안 돼. 하이에나를 셋이나 골탕 먹일 정도의 녀석
이라면 지금 이동해야 해. 그렇지 않으면 흔적을 놓칠
거야. 서쪽 수목 지대는 수풀이 많아. 거기서 숨어 버

리면 찾을 방법이 없어."

말키아의 말이 맞았다. 샤키와 샤쿠가 일어나자 하는 수 없이 샤카도 몸을 일으켰다.

"간만에 제대로 된 지시를 받네."

막내 샤쿠가 콧노래를 부르며 말키아를 쫓아 뛰어가자 뒤에 남은 샤카의 얼굴이 일그러졌다. 말키아는 곧바로 다음 명령을 내렸다.

"치타 녀석은 오늘 밤 숨을 곳을 찾고 있을 거야. 우리가 콜링 사인을 내며 따라가면 틀림없이 자기 새끼가 있는 곳으로 달려가 위험을 알리려고 할 거야. 우리는 그걸 노렸다가 한꺼번에 잡으면 돼."

샤키와 샤쿠가 고개를 끄덕이며 눈을 마주쳤다. 그러고는 동시에 뒤에 있는 큰형 사카를 쳐다봤다.

"뭘 봐!"

잔뜩 예민해진 샤카는 소리를 질렀지만 말키아의 명령이 옳다는 걸 인정할 수밖에 없었다.

크으르르응.

어두운 초원 위로 하이에나의 울음이 울려 퍼졌다.

사만다의 귀에도 소리가 들렸다. 하이에나들을 따돌리고 간만에 편안한 잠자리를 찾던 사만다는 결국 잠을 포기하기로 했다. 새끼들을 위해 조금이라도 빨리 서쪽 땅으로 가야 했다.

'아직 포기하지 않은 건가? 왜 우리를 쫓는 거지?'

아무리 생각해도 답이 떠오르지 않았다. 그저 소리가 들리는 반대쪽으로 걸어갈 수밖에 없었다.

걷고 또 걸었다. 보름달의 밝은 빛이 사만다의 앞길을 밝혀 주었다. 보름달이 서쪽 지평선에 천천히 닿으며 해가 떠오르려 할 때였다. 사만다의 눈에 익숙한 풍경이 들어왔다. 아직 어둑어둑해서 다 보이지는 않았지만 익숙한 물 냄새, 흙 냄새로 분명히 알 수 있었다.

"그래, 바로 여기야!"

1년 전 사만다가 치루, 치킨, 치치를 낳았던 바로 그곳, 초원 서쪽 수목 지대가 시작되는 입구였다. 저 멀리 북쪽으로 세렝게티와 마사이마라를 가로지르는 마라강이 비단 이불처럼 너울거리고 있었다.

최후의 결전

크크울 크르르룽크.

쿠우쿠우 크르르르크.

가까워진 하이에나의 콜링 사인에 사만다는 속도를 냈다. 하지만 발걸음을 옮기는 곳은 새끼들과 만나기로 한 곳과 정반대인 남서쪽 암벽 지대였다. 제 몸이 아닌 듯한 다리로 힘겹게 암벽을 오르기 시작했다.

"잠깐만!"

사만다를 추적하던 하이에나 삼 형제가 말키아의 명령에 멈춰 섰다.

"허헉헉. 대장, 이제 좀 쉬는 거야?"

"아니, 뭔가 이상한데?"

말키아는 날카로운 눈초리로 주변을 살폈다.

"뭐가? 치타 냄새를 제대로 쫓고 있는 것 같은데."

샤카가 퉁명스럽게 대꾸했다.

"그게 이상하다는 거야. 지나치게 냄새가 많이 나. 일부러 그런 것처럼."

주변을 보던 말키아가 고개를 홱 돌렸다.

"자! 저기 봐. 마라강과 멀어지고 있어. 아무도 살지 않는 아래쪽 암벽 지대로 가고 있다고."

듣고 보니 그랬다. 그곳은 암벽이 둘러싸여 있어 웬만한 동물들은 살지 않았다. 샤키와 샤쿠도 말키아의 말에 동요했다. 하지만 샤카는 추격을 이대로 포기하기 싫었다. 오히려 이때다 싶었는지 말키아에게 톡 쏘아붙였다.

"뭐야? 이렇게 우리를 여기까지 데리고 와서는……. 발뺌하려는 거라면 실수를 인정하고 내 지시를 따르

던가.”

말키아는 잠시 당황했지만 곧 냉정을 되찾았다.

“이제 우리는 걸으며 추격한다.”

“뭐? 다 잡았는데 걸어간다고? 지금 장난해?”

샤카가 다시 말키아를 다그쳤다.

“맞아. 걸으면서 추격해. 어차피 막다른 곳이야. 함
정이 있다면 피하면 되는 거고, 없으면 언젠가 잡히겠
지. 제 어미의 비명을 들리면 기다리던 새끼들이 찾아
올 수도 있어. 그때 우린 세 마리를 다 잡는다.”

순간 샤카의 얼굴이 굳었다. 말키아가 생각한 계획
은 언제나 자신보다 수준이 더 높았다.

샤키와 샤쿠는 “역시 대단해!”라는 말을 할 뻔했지
만 큰형 샤카의 꽁꽁 얼어 버린 모습에 말을 참았다.

사만다는 다리를 절뚝거리며 걷고 또 걸었다. 지금
쯤이면 하이에나를 만나 모든 게 끝날 거라 생각했는
데 한참이 지나도 나타나지 않았다.

‘그 멍청한 녀석들이 눈치를 챘을 리가 없는데…….
설마 여왕이 나타난 건가?’

산전수전을 다 겪은 사만다였지만 하이에나의 여왕을 떠올리자 간담이 서늘해졌다.

"저기가 내 무덤이 되려나……."

혼잣말을 하는 사만다의 얼굴에 쓸쓸한 표정이 스쳤다.

'이제 정말 지쳤어. 여기가 좋겠다.'

걸어온 길 말고는 모든 곳이 막혀 있는 아찔한 절벽에 다다르자 사만다는 몸을 웅크리고 앉았다. 그리고 여기까지 데려와 준 다친 다리를 핥으며 말했다.

"그동안 고마웠어. 이제 마지막인 거 같구나."

그 뒤 얼마 지나지 않아 하이에나 네 마리가 멀리 모습을 드러냈다.

"뭐야? 말키아. 아무것도 없잖아. 함정은 무슨! 여왕도 나이를 먹더니 겁이 많아졌군."

샤카의 입에서 비웃음이 흘러나왔다. 말키아는 크게 신경 쓰지 않았다. 함정이 아니라는 걸 확인한 말키아도 이제야 경계를 풀고 사만다를 노려보았다.

"네가 그동안 우리들을 농락했겠다. 일단 너를 잡고, 네 녀석의 아이들은 천천히 즐겨 주지."

말키아의 말은 섬뜩하고 잔인했다. 말키아와 샤키, 샤쿠는 이빨을 드러내며 사만다를 넓은 부채꼴 모양으로 둘러쌌다.

사실 치타들이 하이에나를 보면 도망치는 것은 어려서부터 몸에 익은 습관 같은 것이었다. 이렇다 할 한 방이 없는 치타로서는 뼈도 부수는 강력한 턱을 가진 하이에나를 빠른 발로 상대하는 게 가장 현명한 생존법이었다. 하지만 지금은 달랐다. 사만다는 지켜야 할 새끼도, 도망칠 빠른 발도 없었다.

'치킨아, 엄마가 곧 만나러 갈 거야. 그 전에 꼭 너의 복수를 해 줄게.'

하이에나에게 생명을 잃은 치킨을 떠올리자 사만다는 용기가 생겼다. 아니 용기라기보다는 분노였다.

카악!

"어이쿠, 저게 미쳤나? 왜 저래?"

사만다의 독기 서린 눈빛에 샤쿠가 멈칫했다.

사만다의 공격적인 모습에 말키아는 급히 주위를 둘러보았다. 겨우 치타 한 마리가 자신들에게 맞서다니 있을 수 없는 일이었다. 아까 떨쳐 냈던 의심이 다시 고개를 들었다. 설마 하는 생각에 주위를 봤지만 역시나 사만다를 도울 것은 아무도 없었다.

가장 먼저 달려든 것은 샤키였다. 사만다의 목을 향해 강하고 거대한 턱을 벌리며 달려들었다.

크앙!

다리를 다치긴 했지만 하이에나의 공격에 쉽게 물릴 치타가 아니었다.

픽! 픽!

오히려 사만다의 앞발에 샤키는 두 번이나 얻어맞고 주춤주춤 물러났다. 사만다는 순간을 노려 목덜미를 물고 싶었지만 멈췄다. 상대는 넷, 어느 하나와 엉겨 붙으면 바로 나머지 녀석들이 달려들 게 뻔했다.

"저런 멍청이 같으니!"

말키아가 버럭 화를 냈다.

사만다는 이리저리 피하다가 순간순간 앞발로 샤키와 샤쿠를 공격했다.

"이 바보들아! 한 번에 덤벼들라고! 한 번에."

샤카의 말에 정신을 차린 두 동생은 좌우에서 한 번에 달려들었다.

크앙.

크와아앙.

사만다는 재빨리 뒤로 물러나 간신히 공격을
피할 수 있었다.

데구르…… 툭, 툭.

사만다의 뒷발에 작은 돌이 밀려 아래로 굴러떨어

졌다. 순간 사만다는 자기 뒷발이 허공을 딛고 있음을
느꼈다. 더 이상 물러설 곳이 없었다. 하이에나들은 흰
이빨을 드리우며 점점 다가왔다. 사만다도 다 끝났다
는 듯 눈을 지그시 감았다.

그때였다.
까악까악.

치타의 콜링 사인이 여기저기서 들렸다. 한두 마리의 소리가 아니었다. 치타의 콜링 사인 소리로 암벽 계곡이 가득 찼다.

사만다의 얼굴은 흙빛으로 변했다. 분명 치치와 치루의 목소리였다.

"안 돼, 오지 마!"

사만다는 남은 힘을 쥐어 짜내어 소리쳤다. 하이에나 삼 형제가 움찔하자 말키아가 앙칼지게 외쳤다.

"침착해, 이 바보 녀석들아! 여러 마리여도 그저 치타일 뿐이라고……. 한 마리라 아쉬웠는데 다른 녀석들도 스스로 먹이가 되겠다고 왔군."

말키아의 말에 하이에나들은 게걸스럽게 침을 흘렸다. 그리고 다시 부채꼴 모양으로 사만다를 포위하기 시작했다.

"안 돼!"

사만다의 외침이 들리지 않은 것일까? 치타들의 콜링 사인은 조금씩 조금씩 가까워지고 있었다.

"아, 안 돼! 이래서는 여기에 온 의미가 없어. 어서 이곳을 빠져나가야 해."

사만다의 마음이 조급해지자 발놀림도 어지러워졌다. 가까스로 피하고 있던 하이에나의 공격이 하나둘씩 사만다의 몸에 상처를 내고 있었다.

"엄마!"

치루의 목소리였다. 치루의 눈에 상처투성이가 된 사만다의 모습이 들어왔다.

"안 돼! 오지 마! 어서 도망가."

사만다의 절규에도 이어서 치치의 콜링 사인이 들려왔다.

"엄마!"

사만다의 눈에 치치가 보였다.

'내가 너희를 위험에 빠뜨렸어. 어쩌면 좋을까?'

사만다의 눈에서 눈물이 흘러내렸다. 너무나 상심해 목소리조차 나오지 않았다.

하이에나들은 새로 나타난 두 마리 치타를 보며 군침을 흘렸다.

"아니, 이게 웬 떡이야? 한 마리로 부족해 또 한 마리가 더 제 발로 나타나다니, 크크크."

바로 그때였다.

까악까악.

또 한 번의 긴 콜링 사인과 함께 수풀 사이로 여러 마리의 치타들이 쏟아져 나오기 시작했다. 사만다 앞에 익숙한 얼굴이 보였다.

"웬지! 여긴 어떻게?"

"사만다, 괜찮아요? 이야기는 나중에 해요."

웬지는 짧게 인사하고 하이에나들을 향해 돌아섰다.

혼란스러운 것은 하이에나들도 마찬가지였다.

"뭐야? 세 마리라고 했잖아?"

말키아가 소리쳤다.

"어? 분명히 새끼 두 마리 뿐이었는데……."

샤카와 샤쿠도 주춤주춤 뒤로 물러났다.

나타난 치타들은 모두 여덟 마리였다. 치루와 치치, 웬지와 자와디, 그리고 처음 보는 수컷 치타 셋과 그 어미로 보이는 암컷 치타였다.

수컷 치타 세 마리가 제일 앞에서 맹렬하게 하이에나들을 밀어냈다. 아무리 하이에나라고 해도 여덟 마리나 되는 치타들은 몹시 위협적이었다. 순식간에 전세가 역전되어 치타들이 하이에나들을 포위했다.

"엄마!"

치치는 사만다의 옆에 서 있었다.

"어떻게 된 거야? 여기는 어떻게 왔어? 그리고 웬지는……."

"마라강 쪽에서 우연히 만났어요. 우리 이야기를 듣고는 엄마를 돕겠다며 같이 온 거예요."

사만다는 그제야 알 수 있었다.

'웬지, 이곳에서 만나기로 한 약속을 지켰구나.'

시간이 지나자 말키아는 조금씩 상황을 파악했다.

'아직 덜 자란 새끼 여섯에, 어미가 둘이라…….'

"감히 치타 주제에!"

말키아의 포효가 골짜기 안에 크게 울려 퍼졌다.

그 소리에 새끼들이 움찔했다. 자신의 포효가 먹힌 것을 눈치챈 말키아는 대담하게 앞으로 걸어 나왔다.

하이에나를 처음 상대하는 새끼들은 겁이 나기 시작했다. 하이에나는 암컷이 더 덩치도 크고 힘도 셌다. 게다가 말키아는 여왕이고 리더였다.

"모두 등을 맞대고 여기로 모여."

빠른 발을 가진 치타지만 파괴력은 없다는 걸 바로 깨닫고 명령했다. 사방을 바라보며 서로 등을 지는 원형으로 서자 치타들은 더 이상 빠른 발을 이용해 공격할 수 없게 되었다. 빈틈이 없었다.

다시 전세는 역전되어 하이에나들은 원형을 유지하며 경험이 적은 어린 치타들을 절벽 구석으로 몰아갔다.

제일 어린 치타 두 마리는 구석에 갇혀 빠져나오지 못하고, 다른 치타들도 그 원형 대형에 다가갈 수 없었다. 어린 치타 중에는 치루도 끼어 있었다. 위험을 느낀 사만다의 등에도 식은땀이 흘렀다. 그때 머릿속에 무엇인가가 떠올랐다.

'이 장면 어디서 봤었어!'

무엇이 좋은지 배시시 웃음이 나왔다. 그 뒤 입술을 지그시 깨물었다.

'사자들의 리더 레아나라면……'

사만다는 자리에서 일어났다. 신기하게도 더 이상 다리가 아프지 않았다. 몸은 마치 바람에 날리는 연처럼 가벼웠다. 몸을 앞뒤로 쭉 뻗고 가볍게 하악질을 했다. 그리고 바로 뛰기 시작했다.

"사만다 언니, 안 돼!"

웬지의 외침을 뒤로 하고 사만다는 달렸다. 엄마에게 사냥을 처음 배웠던 날, 엄마와 각자의 길을 찾아 헤어지던 날, 처음 엄마 치타가 되던 날 등 여러 가지 기억들이 사만다의 머릿속을 번개처럼 스쳐 갔다.

"참 행복했어!"

사만다는 말키아에게 몸을 사뿐히 던졌다. 번개처럼 빠른 속도에 말키아는 피할 시간조차 없었다.

"이 녀…… 석……."

말키아는 말을 잇지 못했다.

콰직!

사만다는 말키아의 목을 야무지게 물었다. 방심하고 있던 말키아는 목을 물리자 옆으로 고꾸라졌다. 사만다는 온 힘을 다해 목을 단단히 잡아 물었다.

말키아는 몸을 비틀어 사만다를 털어 내려 했지만 그럴수록 사만다는 더 단단히 조여 왔다. 말키아는 목을 물린 채로 하이에나 삼 형제에게 명령했다.

"뭐해? 이 바보 녀석들아! 지켜보지만 말고 어서 이

녀석을 물어뜯어. 헉헉!"

그제야 삼 형제는 사만다의 다리와 등을 물었다.

우드득 우드득.

하이에나의 강력한 턱에 사만다의 온몸이 부서지고
또 무너졌다. 하지만 사만다는 말키아를 놓지 않았다.

사만다의 모습에 삼 형제는 점점 두려워졌다. 빈틈
이 없던 하이에나의 원형 대형은 이미 무너져 버렸다.

웬지의 명령에 따라 치타들이 하이에나들을 공격했다. 삼 형제의 몸에도 깊은 상처가 나기 시작했다.

"형, 이제 어떻게 해?"

막내 샤쿠가 물었다.

이미 샤카와 샤키는 말키아를 도울 마음이 없어 보였다. 이걸 눈치챈 말키아가 계속 소리쳤다.

"컥컥. 나 아직 살아 있어. 이 녀석만 떼어 줘. 다시 해 보자. 샤카."

하지만 샤카는 비열한 웃음을 지었다.

"말키아는 끝난 거 같다."

"이 나쁜 녀석들……."

말키아는 말을 끝내 잇지 못했다.

웬지와 또 다른 엄마 치타가 사만다를 도와 말키아의 숨통을 끊었다. 샤카 삼 형제는 들어온 곳을 향해 도망쳤다. 치타들이 공격했지만 가까스로 뚫고 빠져나갔다. 이번에는 서로를 비웃을 여유조차 없었다.

치치와 치루가 사만다에게 달려왔다.

"엄마 우리가 이겼어요."

사만다는 아무런 말을 하지 못했다. 힘겹게 뜬 눈으로 치치와 치루, 웬지를 번갈아 쳐다볼 뿐이었다.

"사만다, 눈을 떠 봐요. 당신이 가장 사랑하는 치치와 치루가 이렇게 잘 컸어요."

웬지는 눈물을 흘리며 사만다의 부러진 다리, 허리를 핥아 주었다. 하지만 사만다는 눈을 뜨지 못하고 가쁜 숨을 겨우 넘기고 있었다.

저 멀리 마라강은 아무 일 없다는 듯 유유히 흐르고 있었다. 초원 서쪽으로는 오늘의 하루를 밝히던 해가 붉은 노을로 지기 시작했다. 죽음과 삶이 종이 한 장을 뒤집듯 교차하는 세렝게티, 마사이마라 초원의 긴 하루가 그렇게 저물고 있었다.

사만다의 미소

"다 모였나?"

웬지의 목소리에 위엄이 느껴졌다.

"네, 대장님."

치치와 치루, 자와디는 조장답게 자신이 이끄는 치타들 앞에서 사냥을 떠날 준비가 되었음을 알렸다.

"오늘은 아주 기쁜 날이다. 동지 츄츄가 오늘 건강한 아기 치타 셋을 낳았다는 소식을 전한다."

"야호!"

"우아!"

"대단해!" 치타들이 큰 소리로 환호했다.

"이제 모두 조용! 오늘 우리는 새로운 도전을 한다. 바로 사자들만이 해 왔던 기린 사냥을 할 예정이다. 그동안 준비한 것들을 잊지 말도록!"

웬지의 말에 치타들이 긴장했다. 기린은 겉보기와 달리 매우 강한 동물이다. 비록 초식 동물이지만 기린의 발차기 한 방에 사자도 큰 부상을 입고 죽음에 이르는 일이 흔했다. 사냥에 참가한 지 얼마 되지 않는 치타들뿐만 아니라 노련한 치타들까지 모두 침을 꿀꺽 삼켰다.

그때 치타 한 마리가 바위 위로 천천히 걸어 올라왔다. 조금 마른 듯한 몸, 윤기가 사라지고 듬성듬성한 털, 이 치타의 나이가 꽤 많다는 것을 짐작할 수 있었다. 치타는 오른쪽 뒷다리를 절뚝였지만 고개를 바르게 세우고 꼿꼿하게 걸어 나왔다. 바위 아래 치타들이 숨을 멈추고 바라보았다.

사만다였다. 사만다는 그날 이후 큰 장애를 갖게 되었다. 그러나 그 용기와 경험으로 치타 무리를 이끄는 우두머리의 역할을 맡았다.

이제는 나이가 들어 몸은 약해졌지만 두 눈에는 지혜가 가득했고, 작은 몸짓 하나에도 거역할 수 없는 위엄이 있었다. 사만다는 우뚝 서서 천천히 치타들을 둘러보았다.

"오늘 웬지 대장이 말한 것처럼 기린을 사냥합니다. 분명 기린은 힘든 상대입니다. 오늘은 평소보다 더욱 조심해야 합니다."

사만다의 말은 부드러우면서도 힘이 있었다.

"하지만 우리는 혼자가 아닙니다. 그동안 사냥해 온 경험과 기술, 함께한 동료들이 힘을 합치면 반드시 이 사냥은 성공할 거예요. 옆의 동료들을 믿고 자신이 맡은 일을 다 하세요."

사만다의 말에 치타들은 저마다 발을 구르며 큰 목소리를 내었다.

"매복조가 앞장서서 기린을 자극해 뛰게 하고 추격조가 끝까지 쫓아 힘을 뺀 다음, 경험 많은 마무리조가 기린의 다리를 걸어 넘어뜨립니다. 그리고 다 같이 약속한 곳을 한 번에 물어요. 잘 알겠죠?"

"네! 총대장님"

웬지를 비롯한 치타들이 기운차게 대답했다.

거대 초식 동물인 기린 사냥에 성공한다면 치타는 더 이상 초식 동물의 대이동을 따라다니는 생활을 하지 않아도 되었다.

이곳 서쪽 수목 지대는 기린이 먹이로 삼는 아카시아나무가 대규모 군락을 이루고 있었다. 만일 기린 사냥에 성공한다면 이곳은 완전히 사만다 무리의 영역이 되는 것이었다.

웬지가 속도를 내어 달리기 시작했다.

그 뒤로 치치, 치루, 자와디가 달리고, 바로 뒤에는 어린 치타 수십 마리가 어깨를 나란히 하고 달렸다. 사만다의 가슴이 벅차올랐다. 비록 사냥에 같이 뛸 수는 없었지만 모든 치타들에게 자신의 마음을 전할 수는 있었다.

저 멀리 마라강이 오늘도 파란 비단실처럼 보였다. 사만다는 가장 높은 바위 위에 올라 마라강을 쳐다보며 빙그레 미소를 지어 보았다.

함께 달리는 사만다와 웬지처럼
함께 이어 간 이야기

　서재희 선생님과 나는 같은 학교에 근무하며, 세계 요리 체험장을 담당했던 때가 있었다. 요리 체험이다 보니 매주 수백 개의 식기를 닦아야 했다. 그렇게 둘이 나란히 서서 설거지를 하며 자연스럽게 많은 이야기를 나눴다. 그중 가장 즐거웠던 주제는 학생들이었다.

　학교 전체가 여섯 개 학급뿐이라, 우리는 서로 같은 학생들을 연이어 담임으로 맡았다. 같이 알고 있는 학생들 이야기를 하다 보면 시간이 금세 흘렀다. 그러던 어느 날, 서재희 선생님이 말했다.

　"제가 꼭 쓰고 싶은 이야기가 있어요. 지금 세상에 꼭 필요한 책이 될 거예요."

그 말이 이 책의 시작이었다. 그 뒤 일주일에 한 번씩 서로가 쓴 글을 읽고 의견을 나눴다. 다른 학교에서 근무하게 된 다음에도 만남은 이어졌다. 특히 코로나19로 세상이 우울해진 시기에도 우리는 카페에서 만나 글을 계속 써 나갔다.

"꼭 책이 될 거예요. 왜냐면 될 때까지 쓸 거니까."

조금 지쳤던 어느 날, 서재희 선생님이 확신에 찬 목소리로 한 말이었다. 그 한마디가 나에게도 큰 힘이 되었다. 그렇게 시간이 흘러 출판사에서 원고 편집이 한창 진행되던 어느 날, 내가 말했다.

"'될 때까지 한다'는 말이 큰 힘이 됐어. 사실 중간에 그만둘까 했거든. 그런데 끝까지 해서 곧 책으로 나오게 된다니 신기하네."

그러자 서재희 선생님이 웃으며 답했다.

"사실은 형이 중간에 도망갈까 봐 한 말이에요. 나 혼자서는 못할 것 같았거든요."

우리는 그날 얼마나 웃었던지 모른다. 시간이 지나 곰곰이 생각해 보니, 우리가 쓰고자 한 이 이야기도 결국 같은 메시지를 담고 있었다. 우리는 모두 각자의 어려움을 안고 살아가고, 그것을 혼자 극복하기는 엄두가 나지 않을지도 모른다. 하지만 함께하고 힘을 모으면 결국 이겨낼 수 있다는 것, 학생들에게도 이런 위로와 희망을 주고 싶었다. 함께하는 우리 모습은 사만다와 웬지가 나누는 눈빛과 닮아 있다.

매주 같은 요일에 카페에 마주 앉아 하염없이 시간을 보내던 커다란 덩치의 두 남자를 카페 사장님은 어떻게 생각했을까 궁금하다. 하지만 분명한 것은, 그 시간이 없었다면 우리의 이야기는 세상에 나오지 못했으리라는 것이다.

함께하는 삶, 그것이야말로 세상을 바꾸는 가장 큰 힘이다. 연대의 힘을 믿고, 서로를 지탱하며 살아가는 삶의 즐거움과 가치를 앞으로도 이야기하고 싶다.

서재희 선생님과 함께 마주 앉은 카페에서
최광식

엄마 치타 사만다

펴낸날 | 초판 1쇄 2025년 2월 15일

글 | 최광식, 서재희
그림 | 서미경
편집 | 이라일라
디자인 | designforme

펴낸곳 | 봄의정원
등록 | 제2013-000189호
주소 | 03961 서울시 마포구 방울내로11길 37, 2204호(망원동)
전화 | 02-337-5446
팩스 | 0505-115-5446
이메일 | eunok9@hanmail.net

ISBN 979-11-6634-070-3 73810

＊잘못 만든 책은 구입하신 서점에서 바꾸어 드립니다.
＊책값은 뒤표지에 있습니다.

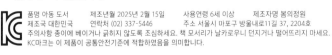

품명 아동 도서   제조년월 2025년 2월 15일   사용연령 6세 이상   제조자명 봄의정원
제조국 대한민국   연락처 (02) 337-5446   주소 서울시 마포구 방울내로11길 37, 2204호
주의사항 종이에 베이거나 긁히지 않도록 조심하세요. 책 모서리가 날카로우니 던지거나 떨어뜨리지 마세요.
KC마크는 이 제품이 공통안전기준에 적합하였음을 의미합니다.